물감을 사야 해서,
퇴사는 잠시 미뤘습니다

물감을 사야 해서, 퇴사는 잠시 미뤘습니다

김유미 쓰고 그림

쌤앤파커스

나는 매일 새로운 것을 그리고 있어요.

그리고 어느 날 문득 지금까지 보지 못했던 것을 발견하기도 합니다.

매우 어려운 일이지만 잘 해나가고 있어요.

— 클로드 모네(Claude Monet, 1840~1926)

나는 오늘
그림을 그리러 간다

"퇴근하고 뭐 해?"

내려가는 엘리베이터 안에서 부장님이 물었다.

"그냥 뭐…."

대답을 어물거렸다. 답하기 싫을 때 애용하는 수법이 있다. 되묻는 것이다. 부장님은 저녁에 뭐 하세요? 골프 모임에 간다고 했다. 나에게도 골프를 배워보라고 권했다. 살면서 취미 하나쯤은 있어야 한다며. 부장님의 이야기가 시작되려 할 때 딱 맞춰 1층에 도착했다. 내일 보자는 인사를 나누며, 서둘러 각자의 퇴근길에 올랐다.

*

나는 퇴근 후 그림을 배우러 간다.

이렇게 말하면 될 일이지만, 직장에서는 공개하기가 꺼려진다. 직장에서는 개인사나 취미에 대해선 말하지 않는 게 좋다는 주의다.

10년 정도 직장 생활을 하고 나서 내린 결론이다. 연애와 취미는 최대한 숨길수록 이롭다. 연애사는 회식 자리에서도 안줏거리가 된다. 취미 활동은, 자칫 상사가 같이하자고 덤벼들 수가 있다.

그런 내가 지금껏 숨겨둔 취미를 공개하려고 한다. 감추기엔 취미의 정도를 넘었기 때문이기도 하다. 굳이 말하지 않아도 곳곳에서 티가 나고 있었다. 전 직장 후배에게서 연락이 왔다. 첫마디가 "요즘 그림 그려요?"였다. 연락 안 한 지가 3년이 다 되어가고, SNS 친구 사이도 아니었다. 뭘 보고 그런 소리를 하느냐고 되물었더니, 모바일 메신저의 프로필 사진을 봤다고 했다. 몇 장 안 되는 지난 프로필에는 셀카 사진과 함께 내가 그린 그림 두 점이 있었다. 전시회 도록 사진도 있었다. 이렇게 티를 내고 있는데 모를 수가 없지.

처음에는 가까운 친구들에게도 그림을 배운다고 알리지 않았다. 딱히 묻는 사람도 없었을뿐더러 나조차도 이렇게 오래도록 그림을 그리게 될지 몰랐기 때문이다. 취미로 그림을 배우기 시작한 지 꽉 찬 5년이 되었다. 주위에서도 그림을 향한 나의 일상이 심상치 않다는 것을 안다. 예전에는 사는 게 걱정이라 친구를 찾았다면, 지금은 그림 그리는 게 고민이 되어 친구에게 아이디어를 구한다.

시작은 보통의 취미 활동과 다를 게 없었다.

여름이 되면 다이어트를 하겠다며 헬스장을 등록하고, 해외여행을 다녀오면 영어 공부에 꽂혀서 온라인 강의를 신청하듯 그림 그리기도 마찬가지였다. 서른이 조금 넘은 어느 날, 어찌나 하루가 따분

하던지 문득 그림을 배우기로 결심했다. 그런데 일주일만 의욕을 불태웠던 운동이나 공부와는 달리, 그림은 시간이 지날수록 점점 출석률이 높아졌다. 살이 빠진다거나 쓸모 있는 기술이 생기는 것도 아닌데 재등록을 반복했다. 땀 흘리지 않고 외우지 않아도 돼서 좋았던 걸까? 아무튼 그림을 그릴 때는 무언가를 하고는 있지만 휴식하는 기분이 들었다.

*

그림은 적당히 즐거웠다. 누군가는 적당한 즐거움이야말로 2배의 즐거움을 준다고 했다. 소소한 기쁨과 확실한 성취감을 가져다주었다. 무엇보다 달성해야 하는 수치에 대한 스트레스가 없었다(나는 숫자가 세상에서 제일 싫다). 전공이나 먹고사는 일과는 무관한 것을 하니 해방감이 들었다. 일만 아니면 무엇이든 괜찮았다.

그림을 그리는 시간은 잠시 현실을 망각하게 했다. 선과 색 말고는 아무것도 생각하지 않게 되어 진정한 자유를 누렸다. 가끔씩 텅 빈 캔버스를 바라보고 있으면 '나'를 돌아보게 됐다. 그림은 살면서 잊고 있던, 혹은 몰랐던 나의 모습을 발견하게 해주었다. '나다움'의 발견이었다.

그렇게 일과를 끝내고 그림을 그리며 휴식했다. 퇴근 후 별다른 일이 없으면 그림을 그리러 갔다. 언제부터인가 화실에 가지 않는 날에 약속을 잡기 시작했다. 나는 내 시간의 중심에 섰다. 그전까지 아무나 만나고 아무거나 하던 시간을 오롯이 나를 위해 사용했다. 하루에 두세 시간은 온전히 나를 위한 시간으로 만들었다. 그 정도 여유도 가지지 못한다면, 이렇게 열심히 살아야 할 이유가 없지 않은가. 저녁 반나절의 시간은 오늘도 수고한 나를 위한 보상이었다.

나는 퇴근 후 그림을 그리러 간다. 내일도 별일이 없다면 그럴 것이다. 이렇게 오랜 시간 동안 지속해온 취미 생활은 처음이다.

*

처음부터 확실한 동기나 열정이 있지는 않았다. 하지만 그림에는 오랫동안 꾸준히 하게 하는 힘이 있다. 모두가 알다시피 그림은 하루아침에 완성되지 않는다. 매일 조금씩 그려야 한다. 한 폭의 그림이 완성되어가는 과정에서 수차례 낙담하고 희망하길 반복했다. 그 과정을 반복하다 보니 나도 모르는 사이에 열정이 생겼다. 잘 그리고 싶다는 욕심이 생겼고, 더 나아가 내가 그린 그림을 사람들에게 보여주고 싶어졌다.

그저 심심해서 시작한 그림이 평생 하게 될 취미가 되었고, 꿈이 되었다. 좋은 것은 함께 나눠야 한다고 했다. 그림을 시작하고 나서 알게 된 삶의 기쁨과 열정을 더 많은 사람들과 나누고 싶어서 글을 쓰기 시작했다. 세상 사람 모두가 퇴근하고 나서 자기만의 그림을 그리러 가는 모습을 상상해본다. 꼭 그림이 아니라도 괜찮다. 삶이 조금이라도 더 풍요로워지고 기쁨으로 넘칠 수만 있다면 그림이 아니라 다른 무엇이라도 좋을 것이다. 생각지도 않게 푹 빠져버려서 오랫동안 우리의 삶을 온전히 누릴 수 있게 해주는, 나와 당신의 취미 생활을 예찬한다.

"오늘, 퇴근하고 뭐 하세요?"

네 번째 장 ──────

세상에서 가장 나다운 이야기

다섯 번째 장 ———
마음이 간절히 원한다면

첫 번째 장 ——

말하지 않아도 괜찮은 시간

고독은 운명이 인간을
자기 자신에게로 이끌려는 길이다.

— 헤르만 헤세

마음이 반짝이던
순간을 찾아서

누구에게나
좋아하는 것을 하던 시절이 있다

모두가 떠난 여름이었다. 매일 저녁이면 석촌호수를 함께 산책하던 친한 언니가 스페인으로 떠나고 둘도 없는 친구가 일본으로 직장을 옮겼다. 이 동네로 이사 온 이유가 두 사람 때문이었는데, 이제 혼자 송파구를 지키게 되었다. 서울에서 자취하던 신세라 동네 친구의 부재는 연인과의 이별만큼 참기 힘들었다. 뭔가를 해야겠다는 생각이 들었다.

사실 나에게는 나쁜 버릇이 있다. 혼자 있는 시간을 못 견디는 것이다. 누군가를 만나야 하고 어딘가에 가야만 했다. 그러지 않으면 잠으로 그 시간을 모면했다. 직장인이 되어 자취를 시작하면서 알게 된, 나도 몰랐던 내 모습이다.

한번은 이런 적이 있었다. 친구를 만나기로 한 토요일, 약속 장소로 출발하려는데 약속이 취소됐다. 미안함에 어쩔 줄 몰라 하는 친구에게 괜찮다며 밝은 목소리로 안심시켰다. 그렇게 전화를 끊긴 했지만 토요일 오후를 혼자 보내기 싫어 핸드폰 연락처를 뒤지기 시작했다. 살랑대는 바람이 코끝을 간질이던 늦가을의 주말이라 다들 선약이 있었다.

마침 집에서 작업 중이라며, 심심하면 놀러 오라는 선배의 부름에 신이 나서 버스를 탔다. 선배가 사는 동네는 생각보다 멀었다. 교통체증까지 더하니 1시간이 훨씬 넘는 거리였다. 돌아오는 길도 꼬박 2시간이 걸렸다. 뒤늦게 후회가 밀려왔다. 선배의 개인 시간을 방해했다는 생각에 아차 싶었다. 책 한 권을 읽어도, 영화 한 편을 봐도 충분한 시간이었다.

참 멋없이 산다는 생각이 들었다.

"퇴근하고 뭐 해요?" 새로 온 과장님이 물었다.

"친구들 만나요."

"친구들 안 만날 때는?"

"매일 만나는데…."

아직 젊어서 좋겠다며, 그는 퇴근 후에 수영을 배운다고 했다. 점심시간마다 과장님의 수영 예찬론을 들었다. 결국 '영업'을 당해 과장님을 따라 수영을 배우기 시작했다. 나까지 점심시간에 수영 이야기로 꽃을 피우자 팀장님도 합류했다. 그렇게 우리 셋은 퇴근하고 매일 수영장을 찾았다. 가끔 하던 야근은 사라지고 회식 대신 운동을 하는 이상적인 팀이 됐다. 그렇게 해서 수영은 나의 첫 번째 취미가 되었다. 1년간 함께 수영을 배웠던 팀장님은 둘도 없는 친구가 되었다.

수영의 좋은 점은 자기소개서 취미란에 독서 대신 다른 것을 적을 수 있다는 것이다. 뻔하지 않은 인재가 된 느낌이었다. 무엇보다 수영의 매력은 무념무상의 세계를 선사한다는 데 있다. 물에 들어가면 오직 숨을 쉬고 팔과 다리를 저어야 한다는 생존 본능에 딴생각할 틈이 없다. 한겨울의 칼바람을 맞으며 수영장을 찾을 때는 겨울 바다에서 훈련하는 해병대라도 된 기분이다. 여행지에 수영장이나 바다가 없으면 서운하다.

수영만큼이나 좋았던 취미는 자전거 타기였다. 한강변에서 자전거 타기란, 나의 '럭키 서울'이다. 자전거를 좋아하는 친구 덕에 한강의 사계절을 바람으로 느낄 수 있었다. 이제 그 친구는 일본에서 자전거를 탈 것이다. 함께 수영을 배우던 팀장님은 지중해에서 수영복 자태를 뽐낼 테지.

퇴근 후 저녁 시간을 함께했던 두 사람이 각자의 꿈과 미래를 향해 떠났다. 혼자 남은 나는 여전히 서울에서 수영을 하고 자전거를 탔다. 함께하던 것을 혼자서 하니 즐거움은 반으로 줄고 외로움은 네 배로 커졌다. 혼자서 즐길 무언가를 찾아야 할 때임을 직감적으로 알아챘다. 스트레스가 풀리는 운동도 좋지만, 뭔가 보여줄 수 있는 것을 하고 싶었다. 예를 들면 사진을 잘 찍어 블로그에 올리거나 악기 하나쯤 다룰 줄 아는, '반전' 있는 직장인이 되고 싶었다. 우리는 창조적인 활동을 통해 자신을 드러내고, 보여줌으로써 존재를 확인받으려고 한다.

답을 찾을 때 늘 하는 방법이 있다. 노트를 펼쳐 SWOT 분석을 해보는 것이다. 대학 등록금이 이럴 때 쓰인다. 고민이 되는 항목들에 대해 내가 가진 강점과 약점(Strong/Weakness), 현재 상황의 기회와 위협(Opportunity/Threat)을 적으면 내 마음이 보인다.

이 방법은 친구를 붙잡고 하소연하는 것보다 합리적이다. 사실 친구에게 고민을 상담할 때는, 내가 원하는 답을 친구의 입을 통해 듣고 싶은 것이다. 왠지 안심되고 자신감이 생기는 방법이다. 어쩌다 내가 바라지 않은 답을 듣게 되면 내 생각이 옳았다는 걸 보여주겠다며 호기를 부리곤 한다. 이번에는 그러지 않기로 했다. 내가 하고 싶은 대로 할 거면서 지극히 개인적인 일로 친구의 시간과 관심을 낭비하고 싶지 않았다.

고민 노트에는 사진과 탱고, 그리고 크로스핏이 가장 해보고 싶은 것으로 정리되었다. 이미 친구들이 하고 있는 것들이며, 몇 번 따라가서 해본 것들이었다. 사실 나는 사진은 찍는 것보다 찍히는 것을 더 좋아했다. 춤은 낯선 사람들과 어울리는 것이 힘들어 매시간이

곤욕이었다. 마주 선 상대방의 콧바람이 정수리로 불어오면 코끝이 간지럽고 손에는 땀이 차기 시작했다. 크로스핏은 사실 짝사랑남을 보기 위해 갔었다. 짝사랑은 나에게 지독한 근육통만 남겨둔 채 크로스핏을 꽤 잘하는 여자에게 떠났다.

새로운 취미를 찾는 게 쉽지가 않았다.

취미는 즐기기 위해 하는 일이고, 즐기기 위해서는 하고 싶은 것을 해야 한다. 노트에 적힌 리스트를 보니 내가 좋아해서 하고 싶다기보다는 남들이 하는, 혹은 친구들과 같이하고 싶은 것들이었다.

질문을 바꿔 다시 생각했다. 그동안 하고 싶었지만, 어떤 사정이나 핑계로 하지 못했던 것들은 무엇일까? 질문이 확실하니 답이 재빠르게 나왔다.

나는 그림을 배우고 싶었다.

초등학생 때 누구나 참가하는 사생대회에서 누구나 받는 상을 받은 적이 있다. 담임선생님이 주는 상장을 무심히 받고는 곧장 집으로 달려가 엄마 앞에 상장을 한껏 내밀었다. 실룩거리는 내 입술만큼 엄마의 광대도 실룩거렸다. 중학생 때는 처음 사귄 친구가 미술부였다. 같은 반인 우리는 하교 후 같은 학원에 다녔다. 둘도 없는 짝꿍이 되었다. 3학년이 되자 예고로 진로를 정한 친구가 미술학원으로 옮긴다고 했다. 친구가 미술학원에 같이 다니자고 했지만, 난 그러지 못했다. 미술로 진로를 정하려면 엄청난 재능과 부가 필요할 거라고 지레 겁을 먹었다.

나는 그림을 제대로 배운 적도 없고 재능과도 거리가 먼 듯했다. 친구랑 떨어지기 싫어 엄마에게 말해볼까도 싶었지만, 이런 일로 집 안에 골칫거리를 안기기는 싫었다. 집에서 우유를 마시며 책 읽는 것이 행복했던 나이였다. 시간이 많이 지난 뒤 어른이 돼서 엄마에게 털어놓은 적이 있다. 사실 그때 그 친구를 따라 미술학원에 가고 싶었다고. 엄마는 내가 책만 봐서 미술에는 관심이 없는 줄 알았다고 했다. 그때 읽은 책의 절반이 만화책이었던 건 모르시고.

그러고 보면 내 인생에는 항상 미술이 따라다녔다. 대학에 가서도 미대 친구들과 어울렸다. 전공 수업시간에 스토리보드를 만들어야 하는 과제가 있으면 자청해서 나서기도 했다. 심지어 스토리보드를 제대로 그려보고 싶어 방학 때 미술학원에 등록하기도 했다. 선 긋기만 하다 개강을 했지만, 이젤 앞에 앉았던 순간의 어색한 설렘은 오래도록 마음에 남았다.

마음이 반짝이던 순간을 잊고 살았다니, 잃어버린 꿈을 찾은 기분이었다. 더 이상 망설일 이유가 없었다. 미적인 감각이 유용하게 쓰이는 직업이니 업무에도 도움이 될 것이다. 무엇보다 스스로 밥벌이를 하고 있으니 다른 사람의 허락을 구하지 않아도 된다…. 그럴듯한 나만의 이유가 하나둘 생겼다.

마음이 정해지자 행동도 빨라졌다. 퇴근길에 동네의 작은 화실을 찾았다. '성인 취미 미술' 간판이 하늘 위에서 빛나고 있었다.

2014년 여름 저녁이었다.

마음속에서 연
첫 전시회

모든 것이 서툴 때가
가장 설렐 때

"그림을 제대로 배운 적이 없어요."

"다 그래요. 할 수 있어요."

고해성사하듯 어렵게 꺼낸 고백이 무색하게 간단한 대답이 돌아왔다. 물감으로 얼룩진 검은색 긴 앞치마를 두른 선생님의 사투리 섞인 말투는 가볍지만 단호했다. 이어서 수업 과정을 설명했다. 상담 파일 속에는 연필화, 채색화 등 수강생들이 직접 그린 그림들과 함께 커리큘럼이 자세히 소개되어 있었다. 그에 비해 선생님의 설명은 간단했다.

"연필 한 1년은 하고 나중에 채색하세요."

3개월이면 연필 소묘는 어느 정도 할 수 있다고 했다. 어떤 일이든지 선택 기준은 집과의 거리다. 직장도 운동도, 심지어 친구들과의 약속 장소도 그렇다. 화실의 위치가 집에서 10분 거리인 점이 마음에 들었다. 나는 뭐든 일단 시작하면 최소 3개월은 해봐야 한다는 주의다. 선생님의 상담이 통했다기보다는 모든 조건이 나의 선택 기준에 맞았다고 해야 할까? 그 자리에서 주 3회, 3개월 과정을 등록했다.

수업 첫날, 예상했던 대로 선 긋기부터 시작했다. 미술학원의 선 긋기에 대해 익히 들은 바가 있어서 각오는 하고 있었다. 그림 배우기의 가장 기초이자 첫 번째 단계인 선 긋기는 한 달 정도는 해야 한다고 들었다.

입시 미술학원에서 강사로 아르바이트를 하던 친구를 만나러 갔을 때의 일이다. 수업이 끝나길 기다리는 나에게 친구가 스케치북과 연필을 주며 선 긋기 연습을 시켰다. 한 시간 정도 선만 긋다가 어깨와 정신이 빠져나가는 충격을 받았었다. 그 뒤로 함부로 그림을 배우겠다고 나서지 않았다. 그런데 그 순간이 온 것이다.

8절 스케치북 한가득 선을 긋기 시작했다. 가로, 세로, 그리고 대각선까지 정성을 다해 그었다. 얇고 바르게 긋겠다는 일념 하나로 집중했지만 굵고 엉성한 선들로 가득 찼다. 물 한 잔 마시고 심기일전해 다음 페이지를 시작하려는데 선생님이 다음 단계로 넘어가겠다고 했다. 입시 미술학원처럼 하면 금방 지치고 싫증이 나기 때문에 필요한 것만 빨리 배우고 넘어간다고 했다. 선 연습은 인물 소묘를 하면서도 계속 연습할 수 있으니 굳이 선 긋기만 반복하며 시간을 보내지 않아도 된다는 거다.

커리큘럼대로 명도 10단계를 하고 나서 직육면체와 원기둥을 거쳐 벽돌, 맥주병, 테니스공 순서로 배워나갔다. 퇴근 후 짬짬이 배우다 보니 기초 과정을 다 그리는 데도 한 달이 넘게 걸렸다.

하루빨리 인물화를 그리고 싶어서 가능한 한 수업을 빠지지 않았다. 주 3회를 야무지게 채웠다. 얇은 선들이 겹겹이 채워져 3D영화처럼 스케치북 밖으로 튀어나올 것 같은 인물을 그리고 싶었다.

화실 곳곳엔 미술학원이나 미대에 가면 꼭 있는 조각상들이 있었다. 나도 그 조각상들의 이름을 알게 되고 베일 것 같은 콧날을 그리게 되겠지. 미술 하는 친구들이 조각상을 보면서 치를 떠는 모습은 나에겐 오히려 부러운 마음만 불러일으켰다. 친구들이 조각상의 이름을 줄줄이 나열할 때면 내 상식이 짧다는 느낌도 들었다. 공부해서 알게 된 것이 아니라 자연스럽게 알게 된 그 상식이 부러웠다.

눈과 코, 입술 그리기를 각각 연습하고 마지막 단계로 머리카락 묘사를 배울 때였다. 이제 얼굴 전체를 그리게 되겠지. 어떤 조각상으로 연습하게 될지 기대감에 부풀었다. 어쨌든 여자보다 남자 조각상을 그려야지, 혼자 다짐했다.

드디어 머리카락 연습까지 마치자 선생님이 아기 사진 한 장을 흑백으로 출력했다.

"눈, 코, 입 연습했던 대로 하면 돼요. 형태를 먼저 잡고 나서 명암을 주는데, 한 번씩 일어나서 뒤로 가서 그림을 관찰해주세요. 관찰이 중요해요."

진도가 빨라서 좋을 줄 알았는데, 막상 실전에 바로 들어가니 마음이 개운하지 않았다. 취미 미술이라서 대충 하는 기분이 들었다. 학생들이 그린 그림을 보면 수준이 상당했는데, 아무래도 잘 그린 사람들 것만 보여줬겠지 하는 의심도 들었다. 제대로 된 미술 교육을 받고 싶었는데, 이럴 줄 알았으면 차라리 입시 미술학원을 갔어야 했나 싶었다.

쓸데없는 생각이 꼬리에 꼬리를 물 때는 빨리 생각의 꼬리를 잘라야 한다. 분명한 건, 나는 미술을 전공하기 위해 그림을 배우는 게 아니었다. 미술을 배워 미대에 진학한다거나 직업을 바꿀 계획은 없었다. 다만 나 혼자만의 시간에 뭔가를 배우고 싶었고, 그것이 그림이라면 내가 그린 그림을 가족과 친구에게 선물하고 싶었다. 직접 그린 그림을 집에 걸어둔다는 것은 얼마나 멋진 일인가. 그렇다면 굳이 미대생 흉내를 낼 필요가 없었다.

정식으로 그림을 배우지 않고도 작품 활동을 하는 화가들은 많다. 정규 미술 교육을 받지 않고 개인의 순수한 즐거움과 예술적 본능만으로 그림을 그리는 경향을 '나이브 아트^{Naive Art}'라 하는데, 나이브 화가로 유명한 캐나다의 루이스 모드는 불편한 신체 조건과 환경 속에서도 자신만의 그림 세계를 만들었다. 프랑스의 화가 앙리 루소도 순수한 화풍으로 유명하다. 이들은 정규 미술 교육을 받지 않아 오히려 새로운 것을 만들어냈다.

세계적으로 유명하지 않아도, 세상에 이런 일을 찾아 가는 TV 프로그램 속 비전문가의 그림은 또 하나의 귀감이 되었다. 어린 시절 부모님의 반대로 미술의 꿈을 접었던 한 할머니는 나이 일흔이 돼서야 독학으로 화가의 꿈을 이뤘다고 했다. 파스텔과 손가락으로 그린 할머니의 그림은 여느 예술가 못지않게 화사하고 반짝거렸다. 그들은 미술을 제대로 배우지 않았기에 순수하고 용감했다. 뒤늦게 시작한 꿈이었기에 매 순간 반짝이며 계속해서 그릴 수 있었으리라.

미술을 전공하지 않았다는 콤플렉스는 열정과 지속성으로 해결할 수 있었다. 한 가지 자신할 수 있는 건 '매일 그리고 싶은 마음'이었다. 미술을 전공하고, 직업으로 삼고 있는 사람들에게 그림 그리는 것은 분명 일이 될 테다. 스트레스는 물론이고, 천직이라 할지라도 가끔은 그림이 귀찮아지는 순간이 있을 것이다. 무엇이든 '직업'이 되면 하기 싫어지기 마련이니까.

뒤늦게 입문한 꿈나무에겐 다른 세상의 일이었다. 처음 이젤에 앉아보고 스케치북을 펼치고, 연필을 깎는 모든 일들이 설렘의 연속이었다. 연필로 서툰 선을 긋고, 그 선이 면이 되고 입체가 되었을 때의 신비로움이란 처음이라 느낄 수 있는 것이었다.

제법 초보자의 티를 벗고 연필 맛을 알게 된 지금에도, 내가 그은 선들이 사람이 되고 꽃을 피울 때면 온전한 성취감에 취한다. 그림을 제대로 배워보지 못했기에, 더 간절하고 기쁨이 오래 지속되는 것 같다.

선생님의 커리큘럼을 믿고 따르기로 했다. 뒤늦게 발견한 새로운 취미가 벌써부터 질려버리면 안 되니까 말이다.

"그런데 왜 아기를 그려요?"

"애들이 그리기 쉬워." 선생님의 답변은 언제나 시원하다.

침을 가득 머금었을 아기의 통통한 볼살과 앙다문 작은 입, 상대적으로 큰 눈과 넓은 이마를 가진 아기였다. 작고 소중한 아기라 연필 선을 조심스럽게 긋기 시작했다. 연필 소묘를 할 때 중요한 것은 연필을 얼마나 자주 깎느냐이다. 뾰족한 연필 선만이 세밀하고 깔끔한 면을 연출할 수 있다. 적어도 아기를 그릴 때는 그래야만 했다. 기초 과정을 연습할 때는 선들이 자꾸만 거칠고 지저분해지곤 했다. 그럴 때마다 선생님이 연필을 좀 깎으라고 했던 걸 떠올렸다. 실전에서만큼은 부지런한 정성을 보였다.

아기가 그리기 쉬워 보이는 건, 묘사할 것이 많지 않기 때문이다. 그래서 더 어렵기도 했다. 아기 그리기에 요령이 있다면, 눈만 잘 그려도 반은 성공한다는 것. 여기에 턱과 코를 짧게 그리면 귀여움은 배가된다. 세상의 때가 묻지 않은 아기였기에 선을 최대한 아껴 투명하게 그렸다.

아기가 그리기 쉬워 보이는 건,
묘사할 것이 많지 않기 때문이다.
세상의 때가 묻지 않은 아기였기에
선을 최대한 아껴 투명하게 그렸다.

처음, 종이에 연필, 2014.

눈, 코, 입의 위치를 제대로 잡지 못한 상태에서 면을 채우기 시작했다. 그 때문에 형태를 몇 번이나 고쳤는지 모르겠다. 하루에 초상화 한 점은 그리게 될 줄 알았는데, 아기 그림을 그리는 데만 일주일이 넘는 시간이 걸렸다. 주 3회 수업을 주 5회로 바꾸고 싶을 정도였다.

제법 사람 얼굴 티가 났을 때 선생님의 정리와 함께 아기는 다시 태어났다. 처음으로 그림에 서명이란 것을 해봤다. 선생님은 벌써 이 정도로 그리면 나중에 미대생보다 잘 그리겠다고 칭찬해주었다. 알고 보니 선생님은 칭찬이 습관이었다. 선만 그어도 잘한다고 했으니까. 처음으로 서명한 그림을 안고, 예전에 선 긋기를 알려준 친구를 찾아갔다. 친구는 미대 졸업 후 디자인 회사를 차렸고 나는 그곳으로 자주 퇴근하곤 했다. 동네 화실을 다니면서 방문이 뜸해졌는데 그간의 공백을 소묘 한 점으로 대신한 것이다. 무슨 용기로 그랬는지 모르겠다. 친구는 진짜 네가 그린 것이냐며 놀랐다. 선생님만큼이나 칭찬해주었다. 전문가들은 칭찬에 후한 것 같다.

친구는 자신의 칭찬이 진심임을 보여주려고 했는지, 동료 디자이너들과 준비한 전시회에 나를 초대했다. 스케치북을 가지고 오라고 당부했다. 전시장 한구석에 아기 그림을 위한 자리가 마련되어 있었다. 작은 의자 위에 스케치북을 세웠다. 아이가 가지고 놀 법한 장난감 공을 그림 앞에 뒀더니 제법 작품 느낌이 났다. 비공식적이지만, 내 마음속에서 연 첫 번째 전시회였다.

인생이란 작품은
함께 그려가는 것

밝음 속에서 더 큰 밝음을,
어둠 속에서 더 짙은 어둠을 찾으며

저녁 7시가 조금 모자란 시간, 화실에 들어설 때면 먼저 와서 그림을 그리고 있는 분들에게 방해가 될까 조심스럽다. 인사하는 순간 일제히 나를 향하는 시선이 부담스럽기도 했다. 몰래 들어갈 요량으로 조용히 문을 열지만, 이내 "유미 씨, 안녕?" 하고 이름이 불렸다. "안녕하세요." 내 귀에나 들릴 법한 목소리로 인사하면서 사물함이 있는 방으로 얼른 들어가버렸다. 화실을 나설 때도 마찬가지였다. 선생님은 학생의 그림을 봐주고 있거나 작업을 하는 중에도 작별 인사와 함께 이름을 불러줬다.

직장인이 되고 나서 내 이름이 이름 그대로 불리는 것은 오랜만이다. 친구에게는 별명으로 불리고 회사에서는 팀장이라고 불린다. 평소 "미야." 하고 부르던 엄마가 무슨 특별한 일이 있어서 "유미야."

하며 딸을 찾을 때 말고는 이름이 제대로 불릴 일이 없었다. 그런데 어른이 되어 내 이름을 크게 불러주는 사람이 생긴 것이다. 바로 나의 그림 선생님이다.

내가 다니는 동네 화실의 선생님은 성인을 대상으로 그림을 가르친다. 20대부터 60대, 혹은 그 이상의 연령대를 가진 학생들을 가르치고 있다. 화실을 다닌 지 꽤 지나서야 선생님이 국내에서 꽤 이름난 서양미술 화가라는 것을 알았다. 선생님도 화가로서는 그림을 늦게 시작한 편이라 우리에게 항상 늦지 않았다고 말한다. 그의 말에는 힘이 있다.

처음 화실을 찾았던 날에도, 선생님은 나에게 그림을 그려서 전시회를 하고 작가도 되어보라고 했다. 퇴근하고 취미로 그림을 배우러 온 직장인에게 작가가 되어 그림도 팔 수 있다고 말하다니, 그때만 해도 '이 선생님, 영업이 좀 과한 것 아닌가?' 하고 생각했다. 그 자리에서 바로 등록을 했던 것도 결코 선생님의 제안이 미더워서는 아니었다.

선생님의 건강한 에너지가 좋았다. 화가라고 하면 자기만의 세계가 강해 닫혀 있거나 감정의 기복이 심하다는 선입견이 있었다. 하지만 선생님은 일관되게 밝고 긍정적이었다. 고향이 생각나게 하는 사투리 섞인 말투로 내 이름을 불러줄 때면, 나의 새로운 하루가 시작되었다.

그전까지는 퇴근 후 동료들과의 술자리에선 회사 뒷담화로 분노하고, 친구들과는 일과 연애, 그리고 카드값 문제로 세상에서 가장 힘든 처지를 자청했다. 혼자일 때는 세워둔 계획은 많은데 제대로 하고 있는 게 없는 듯해 쉬면서도 스트레스를 받는 상황이었다. 일을 마쳐도 하루를 마쳐도 사라지지 않는 어두운 기운은 점점 나를 가라앉게 했다.

그러나 화실의 문을 여는 순간, 선생님이 건네는 인사는 시공간을 초월해 하루를 두 번 살게 했다.

작품에 집중하고 있는 선생님의 뒷모습을 보면 잔뜩 긴장해 있던 어깨와 미간이 풀어졌다. 화실에 들어서면 화실 밖의 일들은 아무렇지 않게 되었다. 아무렇게나 흘러가던 나의 하루에 새로운 의미가 더해졌다. 오늘이 엉망이었다고 해도, 처음으로 돌아가 다시 시작할 수 있었다.

선생님의 작품만큼이나 뛰어난 것은 가르치는 능력이었다. 선생이어야 하니 당연한 기술이겠지만, 단순히 그림을 가르친다기보다는 그림을 계속 그리게끔 해주는 능력이 있었다. 선생님은 평생 그림을 그릴 수 있도록 꾸준히 동기부여를 해줬다.

첫 번째로 그림은 재밌게 그려야 한다는 것이다.

한번은 그림이 덜 완성된 것 같은데 선생님은 그만 마무리하라고 했다. 언뜻 봐도 형태가 맞지 않고 그림의 밀도가 떨어지는데, 그 정도 했으면 충분하다며 사인하라고 했다. 평소 같으면 '한번 시작한 그림은 반드시 끝을 내야 한다'며 지켜보던 선생님인데 이상한 일이 었다.

서운함에 "선생님, 이제 저는 포기한 거예요?" 장난스런 말투를 섞어 마음을 표현했다. 선생님은 할 수 있는 데까지 했으면 된 거라며, 그러다 지칠까 봐 그렇다고 했다. 연습할 때는 실패작을 맛본 후 다음 그림으로 넘어가 그것을 교재 삼아 연습하는 것이 훨씬 도움이 된다는 것이다. 그렇게 연습량을 늘리는 것이 배우는 재미도 맛볼 수 있다며, 그림은 즐겁게 그리는 것이지 질리도록 그리는 것이 아니라고 덧붙였다.

수강한 지 얼마 되지 않았거나 그리면서 스트레스를 많이 받는 학생에게 주로 그랬다. 선이 보이지 않을 정도로 시커멓게 얼룩진 스케치북을 붙잡고 있어봤자 실력이 느는 것이 아니라 한숨만 늘기 때문이다. 반대로 연습 단계를 넘어서 그들 자신의 작품을 그리는 학생에게 선생님은 '적당히'를 용납하지 않았다. 그런 사람들에겐 질릴 정도로 그림을 그려보는 것 또한 큰 즐거움이 될 테니까.

두 번째는 그림은 함께 그려야 한다는 것이다. 그림은 혼자 그릴 수 있지만, 함께 그리면 평생 그릴 수 있는 힘이 된다고 했다. 인생이라는 작품은 함께 그려야 한다는 것이 선생님의 생각이었다. 동네의 작은 화실이지만 매년 학생들과 전시회를 준비하는 것 또한 우리에게 함께 그리는 의미를 알려주기 위함이었다. 이런 이유 때문에 화실 선생님에게 평생 그림을 배우고 싶다는 마음을 가질 수 있었다.

그림을 배운 지 3개월을 넘긴 평일 저녁, 이제는 제법 습관이 되어 퇴근하고 화실로 오는 길이 어렵지가 않았다. 어느덧 나도 연필 소묘로 초상화를 그리기 시작했다. 그러다 어느 시점에서 실력이 늘지 않는 난관에 부딪혔다. 이목구비 형태를 맞추고 입체를 찾는 과정이 세련되지 못하고, 연필 선이 지저분하게만 쌓여갔다. 선생님은 목탄화를 해보자고 권했다. 나의 거칠고 굵은 선이 목탄에서 더 잘 표현될 것 같다고 했다.

선생님이 예상한 대로 확실히 연필보다 목탄이 표현하는 데 더 자유로웠다. 목탄은 면으로 과감하게 표현할 수도 있고 밝고 어두운 면을 연필보다 확실하게 표현할 수 있었다. 조금만 해도 멋스러워 보이는 맛이 있었다.

몇 점의 연습을 마치고 제법 큰 캔버스에 배우 알 파치노를 그릴 때였다. 그의 영화를 본 적은 없지만, 흑백 사진이 그리기 좋아 보였다. 그림은 거의 마무리 단계였고 그걸 증명하듯 내 손은 목탄 가루로 까맣게 물들어 있었다. 조금만 더 하면 끝날 것 같은데, 목탄 가루 탓에 목도 아픈 데다 마무리 지을 방법을 몰라 머리까지 아프기 시작했다.

이쯤 되면 선생님이 와서 마무리를 해주는데, 웬일인지 내 쪽으로 시선을 주지도 않았다. 학생들이 많아서 바쁘시겠지 싶어 그림을 접

선생님이 마무리해줄 때 해주는 말이 있었다.
어둠 속에도 어둠이 있다며,
더 짙은 어둠을 강하게 눌러주라고.

목탄을 쥐고 있는 손에 힘을 쥐 어둠을 더했다.
한참 동안 어둠을 찾고,
눈치껏 밝음을 찾아 지우개로 지워냈다.

알 파치노, 종이에 목탄, 2015.

으려는데 "끝까지 하지 않으면 안 봐줄 거다. 한번 해봐, 혼자서."라는 선생님의 말씀이 등 뒤에서 차갑게 날아왔다.

다시 자리에 앉아 캔버스를 바라봤다. 나는 항상 같은 단계에서 막혔다. 선생님이 마무리해줄 때 해주는 말이 있었다. 어둠 속에도 어둠이 있다며, 더 짙은 어둠을 강하게 눌러주라고. 알 파치노의 눈동자, 빛이 든 머리카락의 반대편인 오른쪽 부분에 목탄을 쥐고 있는 손에 힘을 줘 어둠을 더했다. 한참 동안 어둠을 찾고, 눈치껏 밝음을 찾아 지우개로 지워냈다.

"잘하고 있네." 선생님은 칭찬을 던지며 자리를 비켜 달라고 손짓했다. 내 자리에 앉은 선생님은 지우개로 그림을 풀어주는 시범을 보여줬다.

그렇게 몇 개월간 목탄화를 그렸다. 목탄화를 배우면서 면과 명암에 대한 이해도가 높아졌고, 무엇보다 그림을 스스로 마무리하려는 의지가 생겨났다. 선생님의 마무리 없이 "좋다, 사인하자."라는 말을 들었을 때의 기분은, 야심차게 준비한 기획안에 "좋아, 그대로 진행하세요."라는 상사의 결재만큼이나 좋았다(사실, 좀 더 신이 났던 것 같다). 열 점 정도의 목탄화를 그렸다면, 네다섯 점 정도는 스스로 마무리를 했다. 독립한 기분이었다.

선생님은 연습할 때도 제대로 하기를 바랐다. 좁은 집에 캔버스가 쌓여나가는 것이 부담스러워 스케치북에 연습하겠다고 했으나, 선생님은 그래도 캔버스에 제대로 그려서 작품을 만들라고 했다. 연습인데 왜 그럴까 하는 마음이 컸지만, 시키는 대로 했다. 캔버스가 쌓이는 만큼 실력이 늘었지만, 쌓인 캔버스는 여전히 골치였다. 캔버스 옆면의 천이 바랄 때쯤 기회가 되어 작은 갤러리 카페에 초대를 받았다. 이것이 나의 첫 번째 개인전이다.

선생님은 내가 그리는 그림을 연습이 아닌 작품으로 대해줬다. 지금도 나를 취미로 그림을 배우는 학생이 아닌, 작품을 하는 아티스트로 대해준다. 그 덕분에 그림을 그리면서도 늘 새로운 기회를 마주한다. 꾸준히, 지속해서 한다는 것이 인생을 살아가는 데 큰 힘이 된다는 사실을 나는 그림을 통해서 배웠다. 물론, 좋은 선생님을 만나는 행운이 따라야 한다는 중요한 사실도.

유리병 속의
몽당연필이 해준 이야기

"나도 당신처럼 잘하고 싶어요."
라고 말하기 전에

연필 그림의 매력에 빠지면서 하루라도 빨리 그림을 잘 그리고 싶은 마음뿐이었다. 수업에도 거의 빠지지 않았다. 성실함이 최선이라고 생각했다. 연필을 자유롭게 다루고 그어진 선에는 강약의 멋이 있었으면 했다. 선생님처럼 말이다. 하지만 한두 달이 지나도 나의 연필 그림은 유치원생 수준에 머물러 있었다. 아이들의 작품은 순수하기라도 하지, 형태는 그렇다 쳐도 선들은 존재 이유를 알 수 없을 정도로 제각각이었다. 스케치북을 찢고 다시 그리고 싶은 마음이 굴뚝같았다. 선생님은 끝까지 완성해야 한다며 쉽게 봐주지 않았다. 결국 징징거림의 끝에 선생님이 나섰다. 그림은 선생님의 손길이 닿으면 마법처럼 변했다. 신데렐라의 호박이 황금마차가 되었다. 때로는 마무리를 봐달라고 하기 민망할 정도로 엉망일 때도 있었다. 그럴 때마다 선생님은 어떤 그림이든 신데렐라의 황금마차로 만들어주었다.

　나도 모르게 속마음이 나온다.
　"나도 선생님처럼 잘 그리고 싶어요."
　진심이다. 연필을 가지고 놀고 싶다.
　"나는 소질이 없나 봐요. 왜 이렇게 못 그리죠?" 이것도 진심이다.
　"이제 배운 지 몇 개월 됐노? 나는 이걸 10년 넘게 연습하고 아직도 그리고 있다."
　한 방 먹었다.
　시간과 노력의 투자 없이 하루아침에 피카소가 되려고 하다니. 뼈를 때리는 사실이지만, 아프지는 않았다. 나도 오랜 시간 연습하면 잘 그릴 수 있다는 말이라 생각했다. 화실에는 드로잉 실력이 뛰어난 학생들이 있다. 다른 학생의 그림을 봐줄 정도로 실력이 좋은 분들이다. 그들도 나와 마찬가지로 그림을 제대로 배워본 적은 없지만, 그림이 좋아 퇴근 후 화실에 왔다.
　40대가 넘어 그림을 배우기 시작해 지금은 숲을 환상적으로 그리는 학생이 있다. 무심한 말투 속에 귀여운 보조개가 매력적인 분이다. 분당에서 상암으로 출퇴근하는 그는, 언제나 나보다 먼저 와서 그림을 그리고 있었다. 사실은 그가 회사를 그만둔 것은 아닌지 몇 번쯤 의심한 적도 있다. 어쨌거나 그는 각종 미술제에 참가하는 어엿한 작가로도 활동하고 있다. 그의 진하고 깊은 유화 작품도 멋있지만, 나는 개인적으로 보조개 작가님이 그리는 드로잉의 열성적인 팬이다. 이미 인스타그램에서 2만 명이 훌쩍 넘는 팔로우를 보유한 스타 아티스트이기도 하다. 인스타그램에는 주로 연필과 펜, 또는 목탄 드로잉 작품을 올리는데, 그의 드로잉 시연을 화실에서만 볼 수 있다는 것이 안타까울 정도다.

보조개 작가님은 나의 또 다른 드로잉 선생님이기도 하다. 연필로 소묘를 하다가 드로잉 단계로 넘어갈 때였다. 나는 수개월 동안 연필 소묘를 했는데도, 형태는 치밀하지 못했고 선의 강약은 제멋대로였다. 보조개 작가님은 커피 한 잔 마시며 화실을 돌아보다, 끙끙거리는 나를 그냥 지나치지 않고 한 번씩 그림을 봐주곤 했다.

말로 설명이 부족할 때는 직접 시범을 보여주기도 했는데, 이때 실력이 정말 많이 늘었다. 가끔씩 나의 드로잉이 보조개 작가님의 것을 닮았다는 소리를 들을 때가 있다. 그분이 들으면 기분이 상할까 죄송한 마음이 들면서도, 감히 흉내를 냈다는 자체만으로 어깨가 으쓱해졌다.

하지만 나는 드로잉 북 3권 분량의 연습을 마치고도 한숨이 멈추지 않았다. 무려 3권이나 그렸는데 그림 솜씨는 제자리였다. 선생님이나 선배들의 도움이 없으면 그림을 혼자서 끝내지 못했다.

보조개 작가님의 드로잉 북은 10권이 넘는다고 했다. 처음 그림에 입문했을 때는 집과 회사에서도 그림 연습을 멈추지 않았다는 소문도 들었다. 그러고 보니 휴일에 늦잠을 자다 화실이라도 가자는 마음으로 게으른 발걸음을 하면, 항상 화실에는 보조개 작가님이 있었다. 화실과 집의 거리가 꽤 있음에도, 10분 거리인 나보다 먼저 나와서 연습을 하고 있었다.

화실 벽면에는 학생들의 몽당연필을 담는 유리병이 있다. 그림을 그리면서 닳을 대로 닳아 엄지손톱 크기만 해진 연필들을 모아두는 곳이다. 내 유리병에는 몽당연필 10자루가 담겨 있었다. 대부분의 학생들이 1~3개월 정도만 연필화를 그리다 채색으로 넘어가는데, 그래도 나는 1년 정도는 연필로 연습했다. 지금도 연필을 놓지 않고 있다. 다른 학생들에 비해서 연습량이 꽤 많다고 생각했지만 어림도 없었다.

화실에서 그림 좀 그린다는 학생들의 유리병을 보니 몽당연필들이 뚜껑까지 차올라 있었다. 보조개 작가님 것도 마찬가지였다. 내친 김에 선생님에게도 선생님의 몽당연필은 어디에 있느냐고 물었더니, 츄파춥스 통에 들어 있다는 대답이 돌아왔다. 막대사탕 150개가 들어가는 크기의 원형 통. 실물을 확인하는 순간 아무 말도 할 수 없었다. 징그러울 정도로 켜켜이 담겨 있는 몽당연필들은 그의 지난 세월을 고스란히 보여줬다. 처음 그림을 시작하면서 품었을 그의 열정과 몰입의 시간이 묻어났다. 노력 없는 결과는 없었다.

지금의 경지에 오르기 위해 그들이 흘렸을 땀은 보지 못한 채 그저 잘 그리고 싶다고만 투정한 나 자신이 부끄러워졌다. 그들은 묵

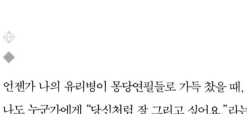

언젠가 나의 유리병이 몽당연필들로 가득 찼을 때,
나도 누군가에게 "당신처럼 잘 그리고 싶어요."라는
말을 들을 수 있을까?

그 순간을 기대하며 계속해서 그림을 그려야겠다.
그때까지는 함부로 당신처럼 잘 그리고 싶다는
말을 하지 않겠다고 다짐했다.

문라이트, 종이에 연필, 2017.

묵히 그렸고, 계속해서 그리고 있을 뿐이었다. 언젠가 나의 유리병이 몽당연필들로 가득 찼을 때, 나도 누군가에게 "당신처럼 잘 그리고 싶어요."라는 말을 들을 수 있을까? 그 순간을 기대하며 계속해서 그림을 그려야겠다. 그때까지는 함부로 당신처럼 잘 그리고 싶다는 말을 하지 않겠다고 다짐했다.

보조개 작가님만큼이나 선생님을 대신하여 그림을 봐준 분이 있다. 수채화를 사랑하는 건축사, 위 소장님이다. 초등학생 아들과 놀아주는 시간이 가장 행복하다는 위 소장님은 직장에서 직책이 높은 탓에 아들 말고도 챙겨야 할 조직이 많아 늘 바쁘다. 그림을 잘 그리고 친절한 탓에 화실에서도 그를 기다리는 학생들이 많다.

나 역시 그 학생들 중 한 명이다. 위 소장님은 화실에서 교수님 같은 존재다. 워낙 그림 솜씨가 좋기도 하지만, 그가 들려주는 미술 이야기는 어디서도 듣기 힘든 명강의다. 팟캐스트라도 하면 좋겠다는 생각마저 들 정도였으니. 그러기엔 아들과 함께 놀 시간이 부족해지니 어쩔 수가 없을 테다.

위 소장님은 단순히 부족한 부분을 지적하고 수정에서 그치는 것이 아니라, 스스로 발견하고 고칠 수 있도록 '미술의 기초와 이해'를 알려준다. 내 그림과 비슷한 느낌의 작품을 찾아주고 다른 작가의 시범 영상을 공유했다. 좋은 남편과 아빠, 상사의 역할을 해내기도 바쁠 텐데, 언제 이렇게 자료를 찾고 공부하는지 궁금증을 넘어 경외감마저 들었다.

위 소장님이 부산으로 1년 넘게 출장을 간 적이 있었다. 내색은 안 했지만, 그가 없는 사이에 그의 그림과 강의를 보고 듣지 못하는 것이 아쉬웠다. 하지만 아쉬움도 잠시, 매일 밤 인스타그램을 통해 그의 드로잉과 수채화를 볼 수 있었다. 일과가 끝난 밤 시간에 한 점씩 올라오는 그의 그림에서 가족과 떨어져 숙소에서 외로움을 달래는 가장의 모습이 그려졌다. 출장 중에도 그림을 손에서 놓지 않는 그의 완벽한 성실함은 그의 실력이 괜히 주어진 것이 아니었음을 알게 했다.

한동안 화실에 나오지 않으면 손이 굳어 본래 실력으로 돌아오는 데 시간이 꽤 걸린다. 위 소장님은 오히려 공백 뒤 더 깊어진 수채화 실력을 뽐내고 유화까지 섭렵했다. 그의 강의는 더욱 풍성해져서 돌아왔다.

그림을 배우고 그리면서 "나도 당신처럼 잘하고 싶어요."라는 칭찬을 가장한 부러움이 무례한 표현일 수도 있다는 것을 깨달았다. 그 사람이 지금 이 자리에 오르기까지 노력하고 투자한 것은 보지 못하고, 눈앞의 결과물만을 보고 경솔하게 판단한 것이었다.

나도 그들처럼 되고 싶기 이전에 노력을 충분히 했는지 고민해야 한다. 적어도 나는 그들에 비해 자유로운 편이다. 야근이 많지 않았고 책임져야 할 가정이 있는 것도 아니다. 누구보다 그림을 그릴 시

커트 보니것, 종이에 연필, 2017.

멜리사 맥카시, 종이에 연필, 2017.

간과 여유가 있음에도 행동하진 않고 바라기만 했다.

깨달음을 얻자마자 선생님이 절대 하지 말라는 그 짓을 해버렸다. 화방으로 가서 당장 이젤을 사버린 것이다. 화실에 나오지 못하는 날에도 연필과 붓을 손에서 놓지 말아야겠다는 불타는 의지였다. 화실이나 잘 나오라는 선생님의 우려에도 일단은 도전하기로 했다.

나도 당신들처럼 오랫동안 열심히 해보고 싶어요.

말하지 않아도
괜찮은 시간

그림을 그릴 때 느껴지는
우리만의 온도에 대하여

말하기를 참 좋아했다. 나를 위해 기꺼이 시간을 내어준 사람과 마주 앉아 이야기하고 생각을 나누는 것만큼 낭만적인 순간이 없다고 생각했다. 커피 맛을 모르면서 카페에 가기를 좋아하는 것도 그 때문이었다. 커피 값이 비싸다고들 하지만, 낭만적인 행위를 위한 공간 제공 비용이라면 정당하다며 카페의 편을 들기도 했다.

좀 더 솔직히 고백하자면, 나는 내 이야기를 하는 것을 즐겼다. 뻔한 일상 이야기에도 곧잘 웃어주는 친구의 모습에 흥이 나기도 하고, 지루한 고민거리에도 나라 잃은 표정으로 공감하고 걱정해주는 선배의 모습에 세상을 다 얻은 기분이 들기도 했다.

언제부터였을까. 그랬던 내가 입을 닫고 마음마저 닫게 되었다. 나이를 먹어가면서 말수가 자연히 줄어들고 감정의 기복이 덜해진

탓도 있다. 생각보다 사람들이 나의 일에 관심이 없다는 것을 깨달은 후로는, 굳이 내 이야기를 꺼내지 않았다. 진심으로 나를 걱정해주거나 먼저 안부를 묻지 않는 이상.

믹스 커피로 잠을 깨며 일을 하던 중에 한동안 연락이 없었던 학교 선배로부터 메시지가 왔다. 결혼한다는 것이다. 결혼식에 참석할 때는 나만의 기준이 있다. 나중에 내 결혼식에 오지 않더라도 축하해주고 싶은 사람이면 고민하지 말고 가라는 엄마의 인생 팁이기도 했다.

이 선배가 꼭 그런 사람이었다. 언젠가의 내 결혼식에 오지 않더라도, 선배의 결혼식에는 참석해서 축하하고 싶었다. 대학 생활의 추억 그 자체였다. 공모전으로 함께 밤을 지새우기도 하고 도서관에서 자리를 맡아주기도 했다. 서로의 연애사를 공유하며 울고 웃고 했던 추억이 가득한 사람이었다. 졸업할 때도 자주 보지 못할까 봐 걱정을 했다. 만날 사람들은 다 만나게 된다는 그의 말이 어찌나 듬직하던지. 역시 선배는 다르다고 생각했다. 우리는 졸업을 하고도 꾸준히 연락하며 가끔씩 만나 지난날을 추억하고 새로운 사회생활을 이야기했다. 사는 게 바쁘다는 이유로 자연스럽게 연락이 뜸해지고, 그의 소식이 궁금해질 때쯤 그렇게 연락이 온 것이다.

"야, 결혼한다. 올 거지?"

"당연. 아, 이제 선배 없으면 나 누구한테 고민 상담하나?"

"그놈의 고민은, 아직도냐."

하하하, 웃으며 끊고 나서도 왠지 뒤통수를 맞은 기분에 눈을 크게 깜박거렸다. 각자의 기억 속에는 다른 기억으로 남는 것이 당연한데, 그저 고민이 많은 후배로 기억에 남아 있다니. 속마음을 괜히 다 보였나, 별거 아닌 고민까지 다 이야기하는 것이 아닌데, 후회가 되었다. 그 시간은 대학 생활을 함께한 선후배가 직장 생활을 하면서 생기는 에피소드로 가득한 〈프렌즈 시즌 6〉 같았다. 다시 돌아간다면 고민을, 아니 나의 이야기 같은 건 털어놓지 않을 테다.

그도 그럴 것이 그동안 너무 많은 이야기를 사람들에게 했다. 친구, 지인들도 모자라 부산에 있는 동생에게 자주 전화를 걸어 나의 근황을 전했다. 여느 때와 마찬가지로 동생에게 지난 주말의 일을 고하고 있는데 엄마에게서 문자가 왔다. 그런 이야기는 동생에게 하지 말라는 것이다. 나와 통화하는 동생의 옆에 있던 엄마의 잔소리 공격이었다. '그런 이야기'란 아마도, "이런 상황에서 내가 잘못한 거니?"라는 질문이었거나 사랑에 상처받은 이야기였을 테다. 그때만 해도 나는 엄마가 우리 자매의 친한 사이를 질투하는 거라고 생각했다. 하지만 그것이 자신의 감정을 상대에게 바닥까지 다 보이지 말라는 엄마의 걱정이었음을 세월이 지나서야 알게 되었다.

바닥까지 다 보여주게 되면, 나중에 흠이 되어 돌아올 수도 있다는 것이다. 아무리 자매 사이일지라도 말이다. 엄마의 말씀은 항상 옳다. 그렇지만 그 당시에는 모른다. 늘 이런 식이다.

사실이 그랬다. 생각보다 사람들은 나의 이야기에 집중하지 않았다. 때로는 잘못 전달되어 오해가 되고, 정말로 흠이 남았다. 모두가 내 일에 그렇게 신경 쓰고 걱정하지 않는다는 것을 깨달았다. 마음이 닫히니 말이 자연스럽게 줄었다. 대화를 먼저 시작하고 마음을 얼마만큼 나눠서 보여야 하는지 계산을 하게 되자 새로운 사람들을 만나는 일이 어려워졌다.

회사에서도 점심시간에 사람들과 어울리기보다는 혼자 차를 마시며 머리를 식히거나 책을 읽는 것이 편했다. 처음 입사했을 때만해도 사람들과 어울리기 위해 노력했다. 습관적으로 일상을 공유하고 마음을 열기도 했지만, 지나침은 늘 문제가 되어 돌아왔다. 다시 말을 아끼다 보니 어느 샌가 나는 사회성이 부족한 사람이 되어 있었다.

'혼자 있고 싶지만, 누군가 내 생각을 해주면 좋겠다.'
'말하기는 싫지만, 누군가 말을 걸어주면 좋겠다.'
이런 모순적인 욕구를 채워주는 곳이 바로 화실이었다.

모처럼 약속이 없는 토요일, 아침 일찍 화실을 찾았다. 하루 종일 그림을 그려볼 다짐으로 아침을 든든히 먹고 와서 이젤 앞에 앉았다. 얼마 되지 않아 공복감이 느껴져 고개를 드니 어느새 오후 2시가 넘어가는 시간이었다. 이미 화실은 다른 학생들로 가득 차 있었고 다들 그림 그리기에 정신이 없었다. 이젤 너머로 눈이 마주치는 학생들과 눈짓과 미소로 인사를 나누고 다시 캔버스로 고개를 묻었다.

화실은 침묵이 자유로운 공간이다. 생각보다 우리 주변엔 침묵할 자유를 누릴 수 있는 곳이 많지 않다. 한 공간에서 상대와 내가 아무런 대화도 하지 않는다면 문제가 된다. 난 괜찮지만 상대가 불편하지 않을까 하는 마음에 괜찮지 않아진다. 먼저 입을 떼야 하나, 그렇다면 어떤 말로 대화를 유도해야 할지 고민스럽다. 정작 상대방은 어떤 생각인지도 모르면서 말이다. 침묵이 불편해지면 어쩔 줄 몰라 더욱 침묵하고 싶어진다. 그렇게 침묵이 방치되는 사이, "왜 말이 없으세요?", "원래 말씀이 없으세요?"라는, 지적을 가장한 질문을 받는다. 대화가 하고 싶으면, 먼저 말을 걸면 될 텐데. 왜 상대의 말수 없음을 탓하는지. 인사를 받고 싶으면 먼저 인사를 하라는 말처럼, 이야기하고 싶으면 먼저 하면 된다.

침묵이 불편하다면 몰입하면 된다. 연필 소리 안에 갇혀 그림을 그리다 보면, '아무 생각도 하고 싶지 않다'는 생각까지 생각하지 않게 되는 무아지경 속으로 도망갈 수 있다. 그림에 대한 몰입감은 잠시나마 무언가를 해야 한다는 스트레스에서 해방시켜준다.

몇 시간째 말없이 몰입하다 보니 문득 밀려오는 허기와 함께 대화가 고파졌다. 괜히 다른 이젤로 자리를 옮겨 다른 사람의 그림에 말없이 참견했다. 먼저 말을 걸지 않고 그저 우두커니 서 있어도, 상대가 "많이 그렸어?"라고 먼저 물으며 웃어줬다.

　말하지 않아도 괜찮은 이 시간은 관계 속에서 잔뜩 움츠리고 있던 나를 적당히 풀어주었다. 가만히 엄마의 어깨에 기대어 드라마를 보던 주말 저녁처럼, 말없이 친구와 해운대를 산책하던 여름밤의 온도처럼 적당히 뜨겁고 적당히 평화로웠다. 길어진 서울살이로 잠시 잊고 살았지만 그림을 그리는 시간이면 그날의 온도가 불어왔다.

나를 지켜주는
하루 2시즌제

늘 같은 자리에서
지친 나를 기다려주는 스케치북

직장인의 삶을 제법 능숙하게 살고 있다. '워라밸'이란 단어가 유행하기 이전부터 나는 '저녁이 있는 삶'을 추구했다. 직장을 선택할 때도 야근 문화를 따졌다. 필요한 야근은 괜찮지만, 야근을 강요하는 분위기라면 사절이었다. 연봉보다는 정시 퇴근이 중요했다. 물론 좋은 선택은 아니었던 것 같기도 하다. 아직도 원룸살이 신세를 면치 못하는 것을 보면.

　한때는 하루, 아니 모든 일상이 일과 사람에 대한 스트레스로 가득 차 있었다. 출근도 하기 전에 퇴근을 하고 싶었다. 정작 퇴근을 해서는 회사에 대한 불만과 스트레스 때문에 제대로 쉬지도 못했다.

　그렇게 몇 년간 회사에 다니다 보니 직장이 아닌, 생활 자체에 회의가 들었다. 회사를 그만두지도 못하고, 서울을 당장 떠날 수도 없는 상황…. 상황을 바꿀 수 없으면 마음을 바꿔야 한다. 그때부터 나를 위한 직장 생활을 해보기로 했다. 그것이 바로 하루 2시즌제다.

요즘 나의 하루는 퇴근 전과 후, 2회로 나뉜다. 직장인으로서 8시간의 삶을 살고 난 후 '온전한 나'로서의 하루가 시작된다. 하루를 두 번 살려면, 퇴근 전까지 딴생각할 틈이 없다. 정시 퇴근을 하려면 집중력과 추진력을 최대치로 끌어올려야 했다. 업무에 파이팅 넘치는 사원으로 보이는 건 덤이었다.

직장 생활 10년차가 되고 나서 뒤늦게 내린 결론이 있다.

'회사는 내 것이 아니며, 내가 없어도 망하지 않더라.'

나의 직장인 친구들은 이 사실을 아는지 모르는지 시도 때도 없이 회사 걱정을 했다. 퇴근해서도 매출을 걱정하고 월급만 축내는 상사를 어찌할지 고민했다. 그러다가 사장님도 지금쯤이면 가족과 외식하고 쇼핑하고 있을 거라 지레짐작하며 자신들의 애사심을 진정시켰다. 사장과 임원이 아닌 이상 바꿀 수 없는 영역들에 불평하고 불만을 가지면서 힘을 뺄 필요가 없다. 우리는 직책과 직급에 맞는 역할과 임무 수행으로 월급의 가치를 실현해주면 될 뿐이다. 이것이 내가 생각하는 슬기로운 직장 생활이다. 사람한테서 받는 스트레스도 마찬가지. 그들은 일을 하기 위해 만난 관계일 뿐이다. 그 이상도 그 이하도 아니다.

모든 것은 경험으로 얻어진다.

오랜 직장 생활의 경험치 덕에 후배와 동료들의 상담과 하소연을 들어주는 시간이 늘었다. 퇴근하고도 회사 일로 고민하는 후배들에게 나름의 직장 생활 바이블을 펼쳐놓았다. 왜 퇴근하고 나서도 회사 생각을 하느냐고, 다른 재밌는 이야기를 하자고 했다. 너를 위해서 오늘 무엇을 했는지, 이번 달에는 어떤 즐거운 일을 하고 있는지 물었다. 내 경험에 비춰 퇴근 후 하고 싶은 일이 생기면 출근이 즐거워진다고 이야기해주었다. 실은 나도 매일 아침 사직서를 품고 출근하면서 말이다.

　말도 안 되는 꼬투리를 잡는 부장 때문에 얼굴이 붉어진 날이었다. 거기에 습관적으로 사고를 치는 팀원이 또 문제를 만들어 왔다. 부장은 또다시 나를 잡고 늘어졌다. 더 이상 표정 관리가 안 됐다. 감정을 추스르기 위해 핸드폰을 들고 친구들을 찾았다. 이미 한 친구가 먼저 회사를 관두겠다며 메신저 한가득 불평하고 있었다. 나도 이런 일이 있었다며 한가득 문자를 입력하다 말았다. 쓰던 내용을 지우고 'ㅠㅠ' 두 글자로 친구를 위로했다. 나도 울고 싶었다.

　이런 날은 정말이지 아무도 만나고 싶지 않다. 회사 일로 하소연하기에는, 어차피 남들도 다 겪는 일이다. 다른 회사에는 더 이상한 사람들과 더 이해가 안 되는 상황들이 있었다. "너만 힘든 게 아니야."라고 위로받을 순 있겠지만 가끔은 내가 최고로 힘들고 싶을 때가 있다.

나를 위로해줄 수 있는 건 침대뿐이라는 생각에 집으로 향했다. 집으로 가는 골목길에 화실의 불빛이 반짝였다. 그림 그릴 기분은 아니었지만, 습관적으로 화실 문을 열었다.

"안녕하세요."

"안녕! 유미!"

막장 드라마가 끝나는 순간이다. 자막이 빠르게 걷히고, 새로운 드라마가 시작되었다. 오늘의 두 번째 시즌이 시작된 것이다.

늘 앉는 구석 자리의 이젤은 다른 학생이 차지하고 있었다. 선생님이 작업하는 공간과 가까운 앞자리에 앉았다. 이제 제법 손때가 묻은 스케치북을 펼쳤다. 지난 시간엔 담배를 문 주름 가득한 노인의 초상화를 완성했으니, 오늘은 새로운 그림을 그리는 시간이었다. 노인은 인물 연습의 최종 단계였다.

"선생님, 이제 뭐 그려요?"

"그리고 싶은 사람 그려라."

이제 내가 그리고 싶은 인물로 연습을 하면 되었다. 나는 비장하지만, 여전히 뚱한 표정으로 연필을 깎았다. 조금 전 끝난 드라마의 여운이 남아 있었다. 그때 여느 때와 같이 유쾌한 선생님이 말을 걸었다.

"붕어빵 먹어라, 밥은 먹고 왔나?"

"붕어빵을 그려볼까요?"

"먹기나 해라."

아무 말도 막 받아주는 선생님 덕에 종일 회사 일로 꿍했던 마음이 사르르 풀어졌다. '붕어빵을 먹고 그릴까? 다 그리고 나서 먹을까? 다 그리고 나면 붕어빵이 남아 있지 않겠지?' 잠시 생각에 빠졌다가 나는 붕어빵을 입에 물고, 텅 빈 스케치북 앞에 앉았다. 비로소 머리가 텅 비워진 듯했다. 빈 종이 위로 연필 선을 깔끔하고 가득하게 채우고 싶은 생각뿐.

영화 〈버니〉 속의 잭 블랙을 그리기로 했다. 기분이 우울하거나 연필 선이 잘 나오지 않을 때는 주로 잭 블랙과 레오나르도 디카프리오를 그린다. 잭 블랙은 그리기 쉬워서, 디카프리오는 내가 사랑해서다.

영화의 한 장면을 흑백으로 출력했다. 입술과 광대를 잔뜩 올려 지은 잭 블랙의 가식적인 웃음이 매력 만점인 얼굴이었다. 잭 블랙처럼 인물의 개성이 확실하면 형태 잡기가 편하다. 그래서인지 형태가 금방 잡혔다. 익살스러운 표정이 점점 완성되기 시작했다. 조금만 더 표현하면 될 것 같아 애쓰는 와중에 괜히 사진의 표정처럼 입술을 꽉 물고 광대를 올려다본다. 사람을 그릴 때는 사진 속 인물의 눈과 표정 속에 빠져들게 된다. 잭 블랙이 그리기 좋은 이유 중 하나다. 언제나 귀엽고 장난스러운 표정뿐이다. 진지하고 카리스마 넘치는 사진들도 있지만, 존재 자체가 이미 즐거움을 준다.

입꼬리에 더 진한 선을 그어보기도 하고,
눈동자를 지우개의 각진 모서리로 찍어내듯 지워냈다.
눈동자에 눈빛이 생기는 순간이다.

어느덧 낮 동안 회사에서 생겼던 미운 마음이
다 사라졌다. 스트레스를 풀고 힐링을 하는 방법은
여러 가지가 있지만, 나에게 맞는 옷을 찾은 기분이었다.

잭 블랙, 종이에 연필, 2014.

레오나르도 디카프리오, 종이에 연필, 2016.

그림을 다 완성해갈 때쯤 어떻게 하면 특유의 분위기를 살려낼 수 있을까 고민에 빠졌다. 입꼬리에 더 진한 선을 그어보기도 하고, 눈동자를 지우개의 각진 모서리로 찍어내듯 지워냈다. 눈동자에 눈빛이 생기는 순간이다. 어느덧 낮 동안의 미운 마음이 다 사라졌다.

오랫동안 그림을 그리고 싶다는 생각이 들었다. 스트레스를 풀고 힐링을 하는 방법은 여러 가지가 있지만, 나에게 맞는 옷을 찾은 기분이었다. 단단히 각오하고 힘을 내지 않아도 되고, 해결하기 위해 복잡한 생각을 하지 않아도 된다. 그저 자리에 앉아서 눈과 손이 움직이는 대로 그리면 충분했다. 못 그려도 좋았다. 그림을 그리기 위해 좋아하는 것을 찾고 즐거운 생각을 한다는 것 자체가 위로였다. 그날 나는 첫 등록 후 3개월이 다 지나지 않았음에도 재등록을 마쳤다. 오늘도 수고한 나를 위한 통 큰 선물이었다.

잘 그린 그림보다 소중한 것들

그림이란 즐겁고 유쾌하고
아름다운 것이어야 한다.

−피에르 오귀스트 르누아르

내가 어떤 사람인지는
나만 안다

용기 내서 거절한 후에
얻은 것들

또 같은 질문이 날아든다.

"오늘 퇴근하고 뭐 해?"

"어, 약속 있는데…."

굳이 친구들에게 그림을 그리러 간다고 말하지 않았다. 처음 그림을 시작할 때, 화실에 다닌다고 몇 번 말한 적도 있지만 "그림은 무슨 그림이냐?"는 식으로 흘려듣는 눈치였다. 그때는 뭐라 딱히 그림을 배우는 이유나 얼마나 배울지에 대한 확신이 없어서 나조차도 그림 배우는 것을 떠벌리지 않았다.

"누구랑?"

서로의 친구를 다 아는 사이라 "우리 아니면 누굴 만나는 게냐?"는 추궁이 시작되었다. 그도 그럴 것이 친구가 부르면 언제라도 달려 나가곤 했던 나였다. 혼자 시간을 보내는 것보다 친구와 함께 있는 것이 좋았다. '이번 주말엔 책도 읽고 청소도 좀 해야지.' 작은 계획을 세웠다가도 친구가 부르면 나갔다. 거절하는 것이 참 어려웠다. 거절하는 순간의 미안함을 참기 어려웠고, 내 시간에 해야 할 일쯤이야 미뤄도 된다고 생각했다. 그만큼 상대의 시간을 맞추는 것이 여러모로 편했다. 하지만 지금은 아니다.

"예전 직장 사람이랑. 헤어지고 연락할게."

거절을 못 하니 거짓말을 하게 된다. 얼렁뚱땅 거짓말을 하고는 화실로 향했다. 퇴근길에 옆자리의 동료가 "오늘 퇴근하고 뭐 하세요?"라고 물었다. 굿바이 인사를 하기 전에 그냥 하는 질문인데도 "친구랑 저녁 먹어요."라고 둘러대고는 서둘러 거리로 나왔다. 나의 취미 생활은 회사에서도 비밀이었다.

아무도 궁금해하지 않는 비밀을 안고서 화실에 도착하면 7시가 조금 안 되었다. 직장인들이 모이는 시간이다. 화실은 밤 10시가 되면 문을 닫는다. 못해도 3시간은 그림을 그릴 수 있다. 채색까지 하기에는 빠듯한 시간이라 퇴근 후에는 주로 연필 드로잉을 연습했다. 채색은 시간이 여유로운 주말이나 되어야 마음 편히 할 수 있었다. 드로잉은 연필과 지우개만 있으면 바로 그림을 시작할 수 있어 퇴근하고 와서 그리기가 편했다.

좋아하는 배우와 영화 장면을 그리는 재미에 빠지면서, 나는 인스타그램을 시작했다. 내가 그린 그림을 올리면서 '#드로잉', '#스케치'와 같은 그림 관련 해시태그들을 영어, 스페인어로도 달았다. 그덕에 세계 곳곳의 아티스트나 그림을 좋아하는 사람들을 매일 만날수 있었다. 그들이 내 그림에 댓글이나 하트라도 남겨주면 그렇게신이 날 수가 없었다.

"언제 헤어질 거야? 끝나면 일루 와."

거짓말은 언제나 힘들다. 한창 그림을 그리는 중에 친구가 재촉했다. 핸드폰을 보지 않으면 될 텐데, 거짓말을 한 터라 더 신경이 쓰였다. 좀처럼 그림에 집중하기가 힘들었다.

"10시쯤?"

화실이 문을 닫는 시간이다.

혼자만의 시간을 방해받지 않기 위해서는 '거절'을 해야 했다. 거절하지 못한 채 이젤 앞에 앉으니 그림에 온전히 집중하기가 어려웠다. 좋아하는 일에 몰입하기 위해서는 결단이 필요했다.

애매한 약속을 덜컥 해버리는 습관을 고치기 시작했다. "이번 주말에 연락할게."라거나 "일 마치고 연락할게."라는 희망 고문형 약속들을 거절했다. 누군가에게는 언제라도 만날 수 있는 좋은 사람이될 수 있었지만, 정작 나는 어느 때도 편히 쉬지 못했다. 그림을 배우기 전에는 이런 약속을 위해 일을 미루고 대기하거나 하던 일을멈추고 나가기도 했었다. 사람을 좋아한 탓에 나의 시간을 잃은 적이 한두 번이 아니었다.

　시간을 정할 때 확실한 시간 단위로 말하기 시작했다. "오후 5시부터 시간이 괜찮아." 그건 내 시간에 대한 존중이었다. 약속한 시간에는 철저히 '만나면 즐거운 사람'이 되고자 했다. 기꺼이 시간을 내준 상대에 대한 예의였다.

　본 지 오래됐다거나 거절하기 어렵다는 이유만으로 약속을 잡는 일은 현저히 줄어들었다. 이것은 놀라울 정도로 내게 많은 시간을 벌어주었고, 그 시간을 그림 그리는 시간으로 채울 수 있었다.

　그림을 배우기 전에는 한두 시간이 남았다고 하면 뭔가를 하기에 애매하다고 생각했다. 친구를 만나러 가기엔 턱없이 부족한 시간이고 책이라도 읽자니 먼저 청소를 해야 했다. 그것이 귀찮아 카페에 가려니 옷을 입고 눈썹을 그려야 했다. 책을 읽기 전에 준비할 게 많았다.

　그렇게 한두 시간은 무엇을 할지 고민하며 보내는 게으른 시간일 뿐이었다. 퇴근 후 저녁 시간이 그랬다. 하지만 그림을 배우면서 그 시간은 꽃 한 송이를 피울 수 있는 충분한 시간임을 알게 되었다.

　퇴근하고 화실에 가는 날이 많아지면서 자연스럽게 혼자 있는 시간의 비밀은 결국 탄로가 났다. 몰래 하던 인스타그램을 친구가 찾아내면서 나의 취미 생활을 보게 되었다. 친구들은 내가 그림을 그리는 시간만큼은 진지하다는 것도 알게 되었다.

처음 취미로 그림을 배운다고 했을 때, 다들 반응이 시큰둥했다. "이번엔 수영 말고 그림이니?", "눈썹이나 그리고 다녀", "아, 왕년에 나도 그림 좀 그렸는데." 각자의 이야기로 시작해 관심은 금방 사라졌다. 퇴근하고 그림을 배우러 간다고 하면, 그러지 말고 밥이나 먹자고 유혹했다. 오늘은 꼭 가야 하는 날이라고 하면, 상대의 서운한 마음이 들렸다. 사람들은 화실을 헬스장처럼 한 번쯤 빠져도 되는 것이라고 생각했다. 알 수 없는 죄책감에 화실로 향하던 발걸음을 돌린 적이 한두 번이 아니다.

거절할 때 좋은 방법은 진실을 말하는 것이었다.

"토요일에 뭐 해?"

"화실에 가야 하는데, 5시에는 나올 거야!"

"그럼 그때 저녁 먹자!"

진즉에 이럴 걸 싶었다.

진실을 말하니 친구들도 인정을 해주기 시작했다. 나의 작업이 끝나기를 기다려주기도 하고 내 그림에도 관심을 보여주었다.

처음에는 그림을 왜 배우느냐고 묻는 사람들에게 제대로 답하지 못했다. 습관처럼 하는 다이어트처럼 뭐라도 해야 될 것 같아서 그림을 배우기 시작했다고 말했다. 그도 그럴 것이, 일상이 너무 무료했었다. 퇴근하고 혼자 시간을 보내는 것이 싫었고 나도 뭔가를 배우고 싶었다. 그때만 해도 친구들과의 달콤한 시간을 뒤로하고 화실에 머무르는 시간이 이렇게 길어질 줄은 몰랐다.

밤 10시가 다 되어서야 화실을 나섰다. 엄밀히 말하자면 이 시간 이후부터 본격적으로 진짜 혼자가 되는 시간이다. 일과를 끝내고 아무것도 하지 않아도 되는 시간인 셈이다. 마침 일과를 끝낸 동네 친구를 만나 맥주 한잔으로 내일을 외면하기도 하고, 아끼는 수면 양말을 신고서 잠들기 전까지 좋아하는 배우가 나오는 영화를 본다. 좋아하는 시를 연필로 적어보기도 하고 하루 종일 머릿속에 맴돌던 노래의 가사를 찾아 흥얼거리기도 한다.

그 사람이 어떤 사람인지 알려면, 혼자만의 시간을 어떻게 보내는지 보라고 했다.

내가 어떤 사람인지는 나만 안다.

잡념에서 벗어나는
확실한 방법

워낙 생각이 많다. 생각의 반이 쓸데없었다. 지나간 일에 대한 후회
나 일어나지 않은 일에 대한 걱정들이었다. 때로는 엉뚱하고 즐거운
상상으로 시간을 보낼 때도 있지만, 나머지는 굳이 안 해도 되는 망
상으로 시간을 허비했다. 마음이 과거에 있으면 후회하고, 미래에
있으면 불안하다고 한다. 아무래도 나는 마음이 현재에 머무르지 못
해 걱정과 고민이 많은가 보다.

내가 수영에 잠시 빠졌던 건 물속의 고요함이 좋았기 때문이었다.
물속에 들어가면 '꾸르륵' 하고 물속으로 잠기는 소리, '보글보글'
하고 숨을 참는 소리만이 가득 찼다. 호흡을 위해 고개를 물 밖으로
들면 수십 명의 발차기로 물이 부서지는 소리와 강사의 울림 있는
목소리가 한 번에 쏟아진다. 다시 고개를 물속으로 묻으면 파란 물

빛의 고요함에 둘러싸였다. 생각이 멈추는 시간이었다.

그림 그리기도 수영처럼 잡념을 떨쳐내는 데 꽤 도움이 된다. 오랜 시간 동안 캔버스에 정신을 집중시켜야 하기 때문에 생각을 멈출수밖에 없다. 사실 처음에는 이젤 앞에 30분도 채 앉아 있지 못했다. 퇴근하고 화실에 오면 2~3시간 정도 그릴 수 있는데 연필을 잡은 지 1시간도 안 되어 집중력과 체력이 바닥났다. 그리는 내내 스케치북 위로 온갖 상념이 떠다녔다. 노인을 그리면 병원에서 요양 중인 할머니 생각이 났고, 소년을 그리면 헤어진 연인이 생각났다. 그림에 집중하지 못했고, 자꾸만 다른 생각들이 캔버스 위를 둥둥 떠다녔다.

주변의 소리에 언제부터 이렇게 반응을 잘했던지, 화실에 사람이 드나들 때마다 시선이 따라갔다. 선생님의 썰렁한 말장난에도 혼자 큭큭거렸다. 보조선을 여러 번 반복하여 크게 그어 놓고는 물을 마시러 일어났다. 다시 자리로 돌아와 어두운 부분을 굵은 선으로 몇 번 칠하고는 연필을 깎으러 다녔다. 그러기를 반복하다 보니 어느 정도 얼굴 모양이 나왔다. 그러면 연필을 놓고 선생님이 와서 마무리해주길 기다렸다.

그렇게 산만하게 그림을 배울 때였다. 배우 콜린 퍼스를 그릴 생각으로, 미리 저장해 온 사진을 출력했다. 여느 때처럼 신발을 벗고 이젤 받침대에 발을 올렸다. 텅 빈 스케치북을 마주하자 막막함이 밀려왔다. 감히 콜린 퍼스를 그려도 될까 하는 죄책감도 들었지만,

좋아하는 배우를 그릴 때만큼 기분 좋은 일은 없었다. 죄책감은 문제가 되지 않았다. 고개를 살짝 숙이고 눈을 치켜뜬 카리스마 있는 자세라 형태 잡기가 쉽지 않았다. 정면이 아닌 다른 각도의 구도가 나오면 헤매기 일쑤였다. 제아무리 보조선을 그어 두고 시작해도 시선의 방향이나 턱의 위치가 달라졌다.

확실히 좋아하는 배우를 그리면 신경이 더 쓰였다. 제대로 된 선을 긋기 전에 몇 번이나 눈과 코, 입술, 이마의 거리를 맞췄는지 모르겠다. 이럴 거면 자를 대고 그리는 게 낫지 않을까 싶었다. 반복되는 선의 교차 끝에 제법 콜린 퍼스의 얼굴이 보이기 시작했다. 이 정도면 선생님에게 검사를 받고 수정을 받았을 텐데, 웬일인지 욕심이 났다. 한번은 선생님이 반 이상 고쳐주는 바람에 양심상 마지막 서명을 하지 못한 적도 있었다. 이번 그림은 서명할 때 하늘이 부끄럽지 않게 직접 마무리해보고 싶었다. '원래 곱슬머리였나? 파마한 걸까?' 쓱쓱쓱 손에 힘을 줘 연필을 눌러가며 앞머리 가운데를 진하게 강조했다.

쓱쓱쓱, 쓱쓱쓱. 연필 소리에 정신이 들었다. 고개를 들어보니 어느새 화실은 빈 곳 하나 없이 학생들로 가득 차 있었다. 화실의 공간은 크게 드로잉 팀과 채색 팀으로 나뉘어 있다. 드로잉을 할 수 있는 이젤은 8개 정도 있다. 그날따라 연필을 쓰는 드로잉 팀이 많아서였을까, 연필 소리로 가득 차 있었다. '쓱쓱쓱.' 빠르면서도 묵직한 연필 소리는 누군가가 머리카락을 표현하고 있는 것이다. '쓰윽쓰윽.' 연필 소리가 부드럽고 길게 들리는 걸 보니 형태를 잡고 있거나 새로 그림을 시작하는 모양이다. '사각사각.' 연필을 짧게 잡고 진하게 긋는 소리가 들린다. 이건 어둠 속의 어둠을 찾는 소리다. '눈동자 마무리를 하는 걸까?' 연필이 움직이는 소리에 나의 손목도 리듬을 타기 시작한다.

연필 소리에 정신을 차려보니 1시간이 훌쩍 지나 있었다. 그동안 자리 한 번 안 뜨고 그림을 그렸다니! 핸드폰을 찾지도 않고 그림만 그렸다는 사실에 나 자신이 대견하게 느껴졌다. 오늘 부장이 내게 한 말이 무슨 의미였는지, 내일 무슨 옷을 입을지 따위의 생각은 전혀 하지 않았다. 이 배우는 주름마저 멋지다는 생각은 했지만 물속에서 발버둥치는 극한 상황이 아닌데도 몰입의 순간을 다시 맞이할 줄이야.

몇 번쯤 이런 경험을 하게 되면서 그림을 그릴 때는 온전히 그림만 생각할 수 있게 되었다. 그림을 생각한다고 해서, 명암의 단계를 계산해 선을 긋거나 빛을 관찰해 색을 입히는 경지에 오른 것은 아니다. 그렇다고 멍하니 그리는 것도 아닌데, 마치 텅 빈 머릿속이 빛으로 가득 찬 나머지 어느 것 하나 끼어들 수 없는 그런 느낌이다. 물속에 있을 때의 그 순간처럼 말이다.

화실에서는 항상 음악이 흐른다. 클래식이 나올 때도 있고 발라드가 나오기도 한다. 처음에는 좋아하는 노래를 따로 듣고 싶어 이어폰을 챙겼는데, 금방 그럴 필요가 없어졌다. 그림을 그리고 있으면 음악 소리가 사라졌다. 분명 소리는 나지만, 들리지 않았다.

화실에는 다양한 소리가 있다. 집중력이 떨어진 학생들은 창가에 앉아 간식을 먹으며 수다 삼매경에 빠진다. 선생님은 나이 지긋한 학생들에게 그림을 설명하느라 목소리가 커지기도 한다. 흘러나오는 노래를 따라 부르며 그림을 그리는 학생도 있다. 이런 소리마저도 화실에서는 고요하다. 그림을 그리는 순간에는 연필을 깎는 소리, 연필로 선을 긋는 소리, 스케치북 넘기는 소리, 물통에 붓 젓는 소리… 온통 그림의 소리로 가득 찰 뿐이다. 집중력을 위한 최상의 ASMR이다.

뭐니 뭐니 해도 최고의 매력은 연필 소리다. 스케치북 위로 선을 그어갈 때 느껴지는 흑연의 부드러운 질감과 사각거리는 소리는 그림이 완성되어가는 재미를 더해줬다. 연필 여러 자루를 한 번에 모아 깎을 때면 초등학생 시절 받아쓰기 추억을 떠오르게 했다. 연필을 깎을 때만큼은 비장한 장인정신이 발휘된다.

글씨를 바르게 쓰고 싶은 것처럼 그림도 잘 그리고 싶다. 굵고 얇은 선을 자유자재로 표현하고 싶다. 부지런히 그어놓은 연필 선의 흔적을 문지르고 입힘을 반복해 면을 만들고 그 면들의 교차로 하나의 작품이 완성될 때의 쾌감을 알게 되면서 연필에 대한 욕심은 커

져만 갔다. 본격적으로 유화를 그리기 시작한 뒤에도 연필을 놓지
못하는 이유다.

연필 소리의 매력에 빠지면서 글'자'를 적는 습관을 들였다. 연필
을 자주 쓰고 싶어서 손으로 기록하기 시작했다. 가방 속과 침대 옆
에는 항상 연필이 있다. 좋아하는 글과 그림을 사각거릴 때면 모든
생각이 멈춘다. 그렇게 나는 연필 소리에 길들여졌고, 잡념에서 벗
어나는 방법을 스스로 터득했다.

보이는 그대로에
집착하지 않는 연습

사연 있는 마릴린 먼로와
모네의 보트들

그림을 배운 지 어느덧 4년이 넘었지만 모작에는 영 소질이 없다. 그렇다고 나만의 독특한 화풍이 있는 것도 아니다. 나는 인물을 그리거나 모작을 할 때 형태를 그대로 담아내지 못한다. 한쪽 눈을 감고 연필을 이용해 비례를 맞춰보기도 하고 수많은 보조선을 그어 두고 시작해도 쉽지가 않다. 비슷하긴 한데, 뭔가 어색하다. 한두 부분의 잘못된 위치나 각도가 전체를 어색하게 만들었다. 코를 짧게 수정했더니 그제야 그림 속 얼굴이 편해졌다. 틀린 그림 찾기처럼 스케치북 바로 옆에 원본 사진을 두고 그림과 비교해보기도 한다. 문제는 서로 다른 점을 찾아내지 못한다는 것이지만.

  인물이나 사물의 형태를 기가 막히게 잘 잡는 분이 있다. 낮 시간에 수채화를 그리는 50대의 학생이다. 화실에서 연습하는 그림이 만족스러울 때까지 반복해서 그리기로 유명하다. 그래도 안 되면 유튜브에서 수채화 강의를 찾아보신다.

"이거 형태 어때요?" 옆자리에서 유튜브로 수채화 풍경 그리는 영상을 보고 있던 그에게 내 그림을 보여주기 위해 어깨를 옆으로 비켰다. 일단 누가 봐도 레오나르도 디카프리오였다(솔직히 말하면, 디카프리오를 닮은 사람이었다).

"눈 사이가 멀고 코 각도가 안 맞네."

그는 손가락으로 코 방향을 알려주셨다. 한참을 본 것도 아니었고 연필을 가지고 재본 것도 아닌데, '5초 이내에 답하시오' 퀴즈 정답을 맞히듯 어색한 부분을 찾아줬다. 미간을 좁히고 코 각도를 살짝 올리니, 그제야 나의 레오나르도 디카프리오가 되었다.

형태에 대한 집착은 드로잉을 연습할수록 커졌다. 드로잉을 할 때는 소묘보다 빠른 속도감으로 인물의 특징을 살리고 끝내야 하는데, 형태를 계속해서 고치다 보니 결과적으로 정밀 소묘가 되었다. 선생님은 더 이상 형태를 똑같이 하는 것이 중요하지 않다고 했다. 이제는 묘사력보다 표현력을 연습하기를 바랐다. 선의 강약과 명암의 차이를 찾는 것이 중요하다며 그런 연습을 시켰다. 알겠다고 대답은 했지만, 똑같이 그리지 못하는 것은 자존심의 문제였다.

그 후로 드로잉을 할 때 형태를 잡아놓은 그림을 사진으로 찍어 동생에게 보냈다. 화실에서는 형태에 집착하지 않는 '쿨함'을 보여주고 싶었다. 미술 전공자도 아니고 그림에 그다지 관심도 없는 동생에게 그림을 보여주는 이유는 세상 누구보다 객관적이기 때문이다. 모두가 나에게 살 안 쪘다며 지금이 딱 보기 좋다고 할 때, "살 찌니깐 덩치가 더 커 보인다. 3킬로는 더 빼야 사람 같아지겠다."고 말해주는 현실 자매님이시다.

10F 캔버스에 마릴린 먼로를 목탄으로 그릴 때였다. 마릴린 먼로를 그릴 때 형태에 대한 나의 집착은 절정에 달했다. 아주 못 그린 그림은 아니었다. 제법 지우개로 멋을 내는 것에 익숙해진 작품이었다. 지우개의 모서리를 이용해 빛을 받은 머리카락을 한 올 한 올 예리하게 닦아냈다. 목탄화임에도 그녀의 금발이 넘실거렸다. 선생님도 실력이 많이 는 것 같다며 그만해도 좋겠다고 했다. 하지만 아무래도 눈 사이가 먼 것 같았다. 수정 없이 정말 끝내도 괜찮으냐고 되물었다. 선생님은 괜찮다고 했다.

사실 이 그림은 형태를 잡을 때 틈틈이 동생에게 사진을 보내면서 수정했던 작업이었다. 찜찜한 마음에 동생에게 완성작을 한 번 더 보여줬다. 동생도 더 이상 뭐가 잘못되었는지 모르겠다며 그만하자고 했다. 그림에 서명을 하고 픽사티브까지 뿌려서 집으로 가져왔다.

자려고 누웠다가, 발아래서 나를 보고 있는 마릴린 먼로와 눈이 마주쳤다. 아무래도 눈 사이가 먼 것이 문제였다. 마릴린 먼로는 지성미가 매력인데, 미간을 멀게 그리는 바람에 멍청해 보였다.

"나는 언니가 그린 여자가 더 좋다.
눈빛이 나른한 게 뭔가 사연 있어 보여 좋던데."

똑같이 그리면 누구나 아는 마릴린 먼로가 될 테지만,
그럴 거면 사진으로 보는 게 낫지 않겠냐고 동생은 덧붙였다.
동생은 언제나 나보다 야무지다.

마릴린 먼로, 캔버스에 목탄, 2014.

그 밤에 전화로 동생을 깨웠다.

"답을 찾았다! 미간이 멀다."

"원래 그 여자 미간이 좀 멀지 않나."

"근데 더 넓게 그린 거지, 내가."

"언니야, 똑같이 그리는 것이 무슨 의미가 있노?"

"이 사람은 누구나 아는 마릴린 먼로잖아. 다르게 그리면 다 알 거 아니가."

"나는 언니가 그린 여자가 더 좋다. 눈빛이 나른한 게 뭔가 사연 있어 보여 좋던데."

똑같이 그리면 누구나 아는 마릴린 먼로가 될 테지만, 그럴 거면 사진으로 보는 게 낫지 않겠냐고 덧붙였다. 동생은 언제나 나보다 야무지다.

그 후로 형태에 대한 집착은 덜해졌다. 동생에게 그림을 보여주는 횟수도 줄기 시작했다. 나의 그림 생활이 궁금한 동생이 먼저 그림을 보여 달라고도 했다. 최신작인 레오나르도 디카프리오 드로잉을 보여줬다. 동생이 습관적으로 형태를 지적했다. 오른쪽 턱이 더 크고 시선 방향이 다르다고 직접 펜으로 표시해서 보내줬다. 이건 그의 표정을 살리기 위한 연출이라며 내 그림 편을 들었다. "오~!" 동생이 놀라는 표정의 이모티콘과 손뼉 치는 이모티콘을 보냈다. 자매의 칭찬은 흔치 않다.

하나 더 고백하자면, 나는 인물의 형태만 못 잡는 것이 아니었다. 유화를 배우면서 풍경화 모작을 연습할 때였다. 자주 가는 중고 서점에서 발견한 책에서 모네 그림을 보게 되었다. 〈아르장퇴유의 보트 경주〉라는 흰 돛을 단 배와 붉은 지붕의 집, 그리고 푸른 들판이 강물에 비친 풍경을 표현한 작품이다. 모네 특유의 끊어지는 붓 터치를 사용하여 그만의 특성을 보여주는 장면이 인상적이다. 다음 모작 연습은 모네의 그림으로 정했다.

풍경형 캔버스 8호를 주문했다. 모작이니만큼 그대로 재현해보고자 했다. 모네의 색감과 붓 터치를 흉내 낼 수 있다면 얼마나 좋을까. 출력한 그림이긴 하지만, 모네가 사용한 색을 만들기 위해 물감도 새로 구매했다. 한 달 정도 매달려 이 그림을 모작하고 있는 나를 본 보조개 작가님이, "이거 모네는 하루 만에 끝낸 거 아님?" 하고 농담을 던졌다. 그렇지만 사실이었다.

1871년 모네는 파리 근교의 아르장퇴유에 집을 마련한 뒤 보트를 한 척 장만해 그림을 그릴 수 있는 아틀리에로 개조했다. 그는 보트 위에 앉아서 물빛에 반사되는 자연을 반복해서 그려냈다. 야외로 나와서 실제 자연의 빛을 보며 그린 것이다. 〈아르장퇴유의 보트 경주〉를 보면 자연의 빛이 생기 있게 표현되고 있다. 스케치를 무시하고 야외에서 직접 보이는 대로 그린 그림으로, 그 당시에도 물감으로 스케치한 듯 대충 그린 것으로 보여 친구 화가들을 놀라게 했다고 한다. 흔들리는 수면과 강물에 비치는 사물의 일렁이는 느낌을 즉각

적으로 담아낸 모네의 붓질을, 나는 각도와 방향을 재가며 흉내 내고 있었던 것이다.

모네의 색과 붓질을 배우기 위해서 오랜 시간이 걸리는 것은 당연하다. 그래야만 한다. 그렇지만 모네가 무심코 찍은 의미 없는 붓 터치 하나하나에 집착하기보다는, 그가 표현하고자 했던 형상과 색을 크게 바라보는 게 맞지 않을까 하는 생각이 들었다.

이런 시행착오 또한 모작이 주는 의미일 테다. 넓어진 시야로, 야외에서 보트를 바라보며 붓질을 했을 모네를 연상하며 그림을 마무리했다. SNS에 모작한 그림과 원작을 비교해 올릴 생각으로, 원작 이미지를 새로 검색했다. 실제 모네의 작품에는 배가 한 척 더 있었다. 내가 모작한 그림은 배가 두 척뿐이었다. 사진을 출력할 때 잘못한 것인지 가품을 보고 모작한 것인지는 모르겠다. 어쨌든 원작도 제대로 구별하지 못하는 내가 형태에 집착한다는 것은 더 이상 의미 없는 일이었다.

잘 그리기보다
아름답게 그리기

르누아르가 그림 그리는
사람들에게 해준 말

그림에 대한 욕심이 언제부터 이렇게 커졌는지 모르겠다. 위대한 화가가 되고 싶은 것도 아니고 미술전에서 크게 입상하고 싶은 것도 아니었다. 그저 퇴근 후 즐길 수 있는 취미가 하나 있으면 좋겠다고 생각했고, 어릴 적 배우지 못한 그림을 배우고 싶었다. 내가 그린 그림을 집에 걸어두면 좋을 것 같았다. 선물하기에 부끄러운 실력 정도만 아니면 되었다.

　연필로 소묘하는 법을 배웠고, 좋아하는 것들을 매일 그려나갔다. 목탄화로 자화상을 그려보기도 했다. 자화상 그리기는 나의 버킷 리스트 중 하나였다. 언젠가는 100호 정도의 캔버스에 아인슈타인 초상화를 그려서 거실에 걸어두고 싶다. 그러려면 일단 거실이 있는 집으로 이사를 해야 한다. 상상만 해도 신난다. 이렇듯 좋아하고, 하고 싶은 것을 하며 개인의 시간을 충실히 보내고 있었다.

문제는 시간이 지나도 그림 실력이 늘지 않는다는 것이었다. 그림을 그리는 방법은 그림 도구가 바뀔 때마다 새로 익혀나갔다. 연필과 목탄에 이어 수채화와 유화까지, 붓과 물감을 다루는 법을 배웠다. 실전에 임하는 자세로 연습에 연습을 반복했다. 스케치북과 캔버스가 쌓일수록 마음이 불안해지기 시작했다. 실력은 늘지 않고 시간만 보내는 것은 아닐까, 이렇게 계속 그리기만 하면 되는 것일까, 여전히 선생님의 가이드가 없으면 정리가 안 되는 상황이 마냥 불안했다. 퇴근하고 화실로 향하는 발걸음이 무거워지기 시작했다. 그림을 그리는 일에 점점 자신감이 낮아지고 있었지만 무거운 발걸음에도 불구하고 화실은 더 자주 찾았다. 실력이 없는데 노력까지 하지 않으면 안 될 것 같았다. 완벽함에 대한 기대가 불필요한 스트레스가 되어 돌아왔다.

한 외국인이 쓴 '취미'에 관한 칼럼을 읽은 적이 있다. 캐나다에서 온 그녀는 독서, 춤, 정원 가꾸기, 비누 만들기, 베이스 연주, 여행이 취미라고 했다. 자신의 취미를 말하면 한국인들은 놀란다고 한다. 캐나다에서는 하나의 취미를 잠깐 해보다가 다른 취미로 넘어가거나, 동시에 여러 취미를 가진다고 했다. 취미란 쉬거나 즐기기 위해서 하는 것이기 때문이다.

그에 비해 한국에서는 취미라고 하면 한두 가지 정도를 말한다.

그만큼 취미를 진지하게 여긴다는 뜻이기도 하다. 실제로 많은 사람들이 시간과 돈, 노력을 취미 활동에 바치기도 한다. 자격증을 목표로 하기도 하고 자기만의 어떤 발전을 이루길 바란다. 커피를 좋아하면 바리스타 자격증에 도전하거나 여러 커피 주전자와 장비들을 사기도 한다. 취미로 등산을 하겠다고 결심하면 먼저 브랜드 있는 등산화를 장만한다. 취미에 대한 진지한 태도는 취미의 정도를 넘어 새로운 꿈이 되기도 한다. 나처럼 말이다.

근면한 자세로 취미 생활에 임하다 보면 평범한 수준을 넘어 전문성을 가지기를 바라게 된다. 나 또한 시간이 날 때 그림을 그리는 것이 아니라, 그림을 그리기 위해 시간을 만들기 시작했다. 허비하던 시간을 쪼개어 쓰는 습관이 생긴 것은 만족스러웠다. 하지만 욕심이 커지다 보니 화가를 직업으로 삼고 있는 선생님을 보면서 왜 난 열심히 하는데 저렇게 못 그릴까 고민도 됐다. 10년 동안 2,000여 점이 넘는 그림을 그린 고흐가 나를 봤다면 얼마나 귀여워했을까.

칼럼에서 말하는 진지한 취미 활동이 나쁘다고 생각하지 않는다. 새로운 기회를 만들어줄 수도 있고 좋아하는 일이면서 잘하기도 한다는 건 말할 수 없는 성취감을 준다. 다만 그 과정을 즐기지 못하고 불필요한 스트레스를 만들어가면서 하는 것이 나의 문제였다.

그림을 배우면서 시작한 인스타그램에는 어느덧 1,000명이 넘는 팔로워가 생겼다. 사람들은 그림을 보고 하트를 눌러주거나 댓글을 남겨 관심을 보여줬다. 메시지를 보내는 팔로워도 있었다. 그림을 얼마나 배웠는지, 작업 시간이 얼마나 되는지 물어봤다. 가상 공간 속의 관심이지만, 이를 의식하기 시작하면서 잘 그린 그림만 올리게 되었다. 그림을 그리는 시간과 발전해가는 과정을 기록하자는 의미였는데, 어느새 나는 그림을 보정하고 있었다.

뒤늦게 영화 〈파이트 클럽〉을 보고 에드워드 노튼의 연기에 빠졌을 때다. 이 배우의 진가를 이제야 알다니, 감동의 여운이 가시기 전에 연필을 들었다. 묘사할 인물의 모습은 영화 포스터에서 골랐다. 차가운 아스팔트 벽 앞에 선 에드워드 노튼은 긴장감이 느껴지는 눈빛으로 정면을 응시하고 있었다. 굳게 다문 입술은 화가 난 듯 보였지만 슬퍼 보이기도 했다. 그건 브래드 피트의 표정이기도 했다. 하지만 내 그림은 배우가 보여주는 이중적인 눈빛과 절제된 표정을 제대로 담지 못했다. 다음 날까지 수정을 반복하다가 더 하면 그림을 망칠 것 같아 그리기를 멈췄다. 아쉬운 마음에 눈썹과 눈동자에 몇 번의 어둠을 입히고는 마무리했다.

그림을 인스타그램에 올리기가 망설여졌다. 오래된 영화지만 워낙 명작인 데다 에드워드 노튼도 유명한 배우가 아닌가. 그의 이름을 해시태그로 써야 할지도 심각하게 고민했다. 그러다 '#drawing' 해시태그를 타고 다른 사람들의 작품을 구경했다. 전문가의 그림도 있었고 재미로 그려 올린 낙서도 있었다. 스크롤을 내리는 사이에도 새로운 작품들이 끊임없이 올라왔다. 사진보다 더 사진 같은 그림도 보였고 살짝 유치한 느낌의 그림도 있었다. 그림을 설명하는 글이나 해시태그를 보는 재미도 쏠쏠했다. 하나같이 그림에 대한 애정이 넘쳤다. 해시태그도 행복이나 만족을 나타내는 것들이었다. 나처럼 불평하거나 부정하는 글은 볼 수 없었다. '보여주기 속 세상'임을 감안한다고 해도, 적어도 자신의 작품과 자신을 비관하지는 않았다. 눈길이 가는 그림에는 그린 사람의 즐거움과 자신감이 함께 묻어났다.

스스로 즐기지 못하고 만족하지 못한 그림을 누가 예쁘게 봐줄까 싶었다. 영화 속 감동을 몇 자 적고 나서 그림 원본 그대로 올렸다(솔직히 콘트라스트를 좀 더 주긴 했다). 나의 그림은 순식간에 리스트 아래로 사라졌다.

기분 전환을 하기 위해 사랑이 넘치는 〈잔느 사마리의 초상〉을 모작하기로 했다. 르누아르의 작품으로, 그의 둥글둥글한 선으로 이어지는 붓 터치가 포근하다. 행복을 그리는 화가라는 별명답게 르누아르의 그림은 따뜻하고 행복하다. 밝은 기운을 가진 그림을 모작함으로써 그림을 그리면서 받은 스트레스를 치유하고 싶었다.

모작 연습에 들어가기 전에 르누아르와 관련된 영화와 책을 찾아봤다. 모네의 작품을 모작할 때 했던 실수를 반복하고 싶지 않았다. 〈잔느 사마리의 초상〉은 무명 여배우 잔느 사마리를 유명하게 만들어준 일화로 유명한 그림이다.

원래도 밝고 지적인 매력을 갖고 있던 잔느 사마리인데 귀엽고 사

"아름답게 그려야 한다."
르누아르의 말처럼 그림은 잘 그리려 하기보다는
아름답게 그리면 된다. 잘하려고 애쓰면서
끙끙대며 그린 그림은 보는 사람도 힘들다.

그린 사람의 마음은 그림에 그대로 반영된다.
취미라면서, 아니 취미니까
즐겁게 그리는 것은 충분히 쉬운 일이다.

잔느 사마리의 초상(모작), 캔버스에 유채, 2017.

랑스러운 감성까지 더해졌다. 실제 인물과 비교해보니, 르누아르가 진심으로 애정을 듬뿍 담아 그린 듯했다. 옛 연인이었던 그녀를 화폭에 담으면서 어떤 감정으로 그려냈을지 그의 말랑한 마음이 전해졌다.

"Il faut embellir." (아름답게 그려야 한다.)

르누아르가 말년에 피에르 보나르에게 남긴 말이다. 나에게 남긴 말이기도 하다. 르누아르의 말처럼 그림은 잘 그리려 하기보다는 아름답게 그리면 된다. 잘하려고 애쓰면서 끙끙대며 그린 그림은 보는 사람도 힘들다. 그린 사람의 마음은 그림에 그대로 반영된다. 취미라면서, 아니 취미니까 즐겁게 그리는 것은 충분히 쉬운 일이다.

수채화 유희

한없이 투명했던
바르셀로나에서의 나날들

연필과 목탄으로 1년 정도 그림을 그리고 나서 채색을 배우게 되었다. 내가 다니던 화실에서는 채색이라고 하면 대부분 유화나 아크릴화를 배우는 분위기였다. 하지만 나는 수채화를 배우기로 했다. 그림을 자주 봐주던 위 소장님의 영향이 컸다. 위 소장님은 우리의 아틀리에에서 수채화 열풍을 일으킨 장본인으로 나에게 채색을 배우게 되면 유화보다 수채화를 먼저 해보라고 권한 적이 있었다.

그는 수채화의 매력에 대해 많은 이야기를 해줬는데, 유화를 먼저 배우고 나서 수채화를 배우려면 쉽지 않을 거라 했다. 수채화를 배우고 나면 유화에서 색을 내는 데 도움이 된다는 말이 결정적이었다. 명도와 채도의 기본 개념도 잡히지 않은 나는 그림 그리기에 도움이 된다면 뭐든지 다 할 기세였다.

무언가를 배울 때 첫 번째 할 일은 쇼핑이다. 수채화 준비물 목록을 보니 초등학교 미술 시간이 떠올랐다. 팔레트와 물감, 붓 그리고 물통. 다만 수채화용 스케치북이 비싸서 놀랐다. 스케치북 한 권이 3만 원이 넘었다. 10만 원에 가까운 것도 있었다. 내가 사용한 것은 아르쉬라는 브랜드의 스케치북이었는데 면으로 만들어진 종이였다. 초등학교 미술 시간과는 수준이 달랐다.

수채화라고 하면 미술 수업 시간에 누구나 한 번쯤 해본 적 있는 쉬운 그림이라고 생각한다. 실제로 수채화는 소묘와 함께 마니아가 많은 미술의 한 분야이다. 최근 아트 마켓에서 유행하는 디자인 상품들을 보면 일러스트, 드로잉과 함께 수채화 그림이 인기다. 누구나 쉽게 접근할 수 있고, 투명하고 동화적인 느낌이 수채화의 인기 비결이다.

처음 수채화 스케치북에 붓이 닿았을 때 붓을 어찌해야 할지 당황스러웠다. 당황하는 동안 붓에 흠뻑 묻은 물감이 스케치북 속으로 퍼지고 있었다. 중력의 법칙에 끌리듯 아래로 선을 그었다. 울퉁불퉁한 면을 따라 물감이 투명하게 스며들었다. 시작점은 꽃봉오리처럼 깊은 자국이 남았다. 그렇게 32색 물감을 하나하나 그었다. 32색 물감의 농도를 연습한 스케치북을 명예의 훈장처럼 현관문에 붙여두었다. 그림은 아니지만 수채 느낌 그 자체로 마음을 맑게 하는 힘이 있었다. 수채화 붓을 처음 잡았을 때의 설렘을 잃지 말자는 나름 심오한 의미도 담았다.

연필로 선을 그을 때는 수십 차례 반복해도 부족했다. 수채화는 한 번이면 충분했다. 덧칠하면 할수록 투명한 느낌을 더럽히는 죄책감이 들었다. 물감과 물 번짐이 만들어내는 투명함을 표현하기 위해 붓도 자주 씻어내고 신중하게 터치했다. 수채화에서 차분함을 찾았다.

뭐든 빨리 끝내려고 하는 조급함을 수채화를 그리면서 고칠 수 있었다. 연필로 그릴 땐 천천히, 차분하게 선을 그으라는 지적을 여러 차례 들었다. 수채화에서는 누가 말하지 않아도 알아서 천천히 그리게 되었다. 그렇다고 마냥 천천히 할 수는 없는 것이 수채화다. 그러데이션 기법을 연습할 때는 물감이 마르기 전에 붓을 재빠르게 움직여야 한다. 물감 량을 조절하려고 붓을 씻을 때면 맘이 급해 붓이 물통에 자꾸 부딪힌다. "달캉달캉." 수채화 붓을 씻는 소리는 연필의 사각거리는 소리만큼 마음을 집중하게 한다.

수채화에 빠져 지내던 중 헤르만 헤세의 수채화를 알게 되었다. 헤세는 로맹 가리와 함께 내가 가장 좋아하는 소설가이다. 화가로서의 헤세를 알고 있는 사람은 많지 않다. 나 역시 헤세가 수채화를 그린 화가였다는 사실을 헤세 전시회에 가서야 알았다.

부적응과 신경쇠약증에 시달리던 헤르만 헤세는 의사의 권유로 그림을 그리기 시작했다. 헤세는 주로 수채화로 풍경화를 그렸으며, 무려 3,000여 점의 그림을 남겼다. 그가 그림을 시작한 때가 마흔 살이라고 하니, 나도 무엇이든 할 수 있을 것 같다.

미술 심리 치료로 시작한 그의 그림에서는 편안함과 안락함이 전해진다. 자연이 함께 있는 그림은 그리는 자신뿐만 아니라 그림을 보게 될 우리에게도 마음을 치유해주는 힘이 있다. 헤세가 주로 그린 것은 그가 지내던 루가노 호수가 내려다보이는 평온한 시골 풍경과 몬타뇰라 근교의 자연 풍경이다. 모든 것을 잊기 위해 그림을 그렸다는 헤세는 변함없이 묵묵하게 서 있는 나무와 멈춘 듯 흐르는 구름과 빛나는 호수를 녹색과 황색의 물감들로 가득 채웠다.

그는 수채화를 그리면서 그림뿐만 아니라 마음의 깊이도 깊어짐을 느낀다 했다. 미술 치료가 그 역할을 제대로 해낸 셈이다. 수채화의 투명함은 마음을 안심시키고 깊어지게 한다. 내게도 그랬다.

수채화를 한참 배우고 있을 때쯤, 3년간 다니던 회사를 그만두기로 했다. 퇴사한 다음 날 바로 스페인으로 떠날 계획이었다. 떠나기 전 급하게 여행 스케치를 배웠다. 당분간 수채화를 그리지 못할 거라는 아쉬움을 뒤로한 채 연필과 지우개를 챙겨 바르셀로나행 비행기를 탔다.

3개월 정도 바르셀로나에서 지내면서 근처 유럽으로 여행을 다닐 생각이었다. 아는 언니의 집에서 지낼 예정이라 금전적으로나 심적으로 여유가 있었다. 이미 바르셀로나 여행을 일주일 정도 해본 적도 있어 천천히 도시를 둘러볼 수 있었다.

가장 먼저 화방을 구경하고 카페에 앉아 드로잉을 했다. 예전 같으면 지나쳤을 길거리 화가들의 그림 그리는 모습을 한참 동안 들여다보기도 했다. 대성당 근처 골목에서 이젤 없이 수채화를 그리고 있는 화가를 보고 나자 당장 수채화를 그리고 싶었다.

함께 지내던 언니와 레이알 광장 근처의 화방에 들렀다. 수채화 물감을 구경하다 휴대할 수 있는 고체 물감을 발견했다. 팔레트와 작은 붓이 손바닥만 한 상자에 함께 들어 있었다. 순간 여행 예산에서 빠질 물감 값을 계산하고 있는 나에게, 언니는 선물해 줄 테니 얼른 고르라고 했다. 어떤 것이 좋은지 몰라 한참을 고민하다가 아는 화가의 이름을 가진 브랜드를 골랐다.

휴대용 수채화 물감이 생기고 나서 나의 여행은 한층 더 풍요로워졌다. 물과 물감만 있다면 언제 어디서나 그릴 수 있었다. 구엘 공원을 다녀온 날에는 카페에 앉아 가우디의 경비실을 그렸다. 시체스에 간 날은 파라솔 아래서 일광욕하는 사람들을 그렸다. 마치 길거리 화가들처럼 말이다!

하지만 스케치 없이 그 자리에서 즉흥적으로 그리려다 보니 그림이 제대로 그려질 리가 없었다. 수채화도 초보여서 결과물은 유치원생 그림과 다를 게 없었지만 그나마 좋은 쪽으로 자평하자면 나름대로 나이브한 매력이 있었다. 여행을 마치고 한국으로 돌아오는 비행기 안에서 책 속에 꽂혀 있던 엽서에 함께 지냈던 친구들을 그렸다. 수많은 관광지에 대한 기억보다 여행의 순간을 담은 그림 속 추억이 아름다웠다.

세비야 카페, 종이에 수채, 2016.

시제스 기차역, 종이에 수채, 2016.

여행을 다녀온 뒤 본격적인 수채화 그리기가 시작되었다. 바로 이직을 하지 않고 대부분의 시간을 화실에서 보냈다. 이 시절에 가장 그림을 많이 그렸던 것 같다. 사실 이직을 못해서 화실에 있었던 것인지, 그림을 그리느라 구직 활동에 소극적이었는지는 모르겠다. 다만, 30대의 백수임에도 조급하거나 우울한 마음이 전혀 들지 않았다. 제법 길게 다녀온 유럽 여행 덕에 자존감이 높아지기도 했고, 여행하면서 찍은 사진들로 그리고 싶은 소재가 넘쳐났다. 다음 직장을 걱정할 틈이 없었다. 해가 지는 시체스 기차역을, 세상에서 가장 맛있는 크루아상이 있는 세비야의 카페를 그렸다. 그라나다에서 만난 친구와 그의 고양이를 알함브라 궁전 속에 담았다. 수채화의 매력은 기록이었다.

나도 헤세가 그랬던 것처럼 수채화를 그리면서 마음의 깊이가 생기고 인생을 관망하는 자세를 터득했다. 헤세는 관망하는 것은 탁월한 기술이라 표현했다. 관망의 기술은 배울 수 있는 것이 아니라, 세상을 살면서 얻어지는 것이고 치유력이 있는 것이라 했다.

카페에서 누군가를 기다리는 시간, 집에서 빈둥대며 보내는 주말 오후의 시간이 풍요롭게 채워졌다. 그림을 그리면서 사물과 인생을 관망하는 것이야말로 수채화를 통해 얻게 된 유희였다.

조색調色의
기쁨에 관하여

사랑할 때도
원하는 빛을 만들어갈 수 있다면

유화를 배우기 시작하면서 그림을 준비하는 과정이 길어졌다. 유화는 준비할 것이 많다. 그리는 도구를 준비하기 전에 그림 구상을 먼저 해야 한다.

무엇을 그릴지에 대한 고민이 어려워 시작할 엄두조차 내지 못할 때가 많다. 머리를 식힐 겸 미리 캔버스를 사서 젯소라도 발라두고 싶어도, 구상에 따라 캔버스 모양과 크기가 바뀌기 때문에 그러지도 못한다. 소재를 정하고 구상을 마치는 것이 급선무다.

무엇을 그릴지 정하고 나서 젯소 칠을 할 때만큼 설레고 마음 편한 때가 없다. 새하얀 젯소를 큰 붓에 듬뿍 묻혀 가로 방향으로, 세로 방향으로 반복하여 칠하면 된다. 적당히 말려가며 칠해야 하기 때문에 시간이 제법 걸린다. 아무것도 그리기 싫은 날에는 젯소 칠을 하며 적당히 게으름을 피울 수 있다.

새로운 유화를 시작하는 날이었다. 특별히 주문한 캔버스에 미리 젯소도 발라 뒀겠다. 반차를 내서라도 빨리 화실에 가고 싶었다.

고민 끝에 정한 그림의 소재는 연인이었다. 준비한 사진은 셔츠 차림을 한 남자가 분홍색 원피스를 입은 여자의 어깨에 팔을 두르고, 함께 계단을 내려가는 뒷모습이었다. 계단 아래로 나무가 울창한 공원이 보였다.

이번 그림에서는 나비파 화가인 모리스 드니처럼 색을 써보고 싶었다. 모리스 드니의 그림은 화사하게 흐드러지는 색감과 바랜 듯한 색감이 자연스럽게 어우러지는 매력이 있다. 마치 꾸미지 않았지만 꾸민 듯 보이는 옷차림이다. 무심한 듯 신비롭다. 나의 그림에도 그런 느낌이 날 수 있도록 모리스 드니의 색감을 흉내 내보기로 했다. 전체적으로 희미하게 보이는 색을 사용하면서도 사랑스러운 분홍색으로 그림에 화사함을 주기로 계획했다. 사진을 좀 더 빈티지한 색감으로 보정했다.

색은 어두운 순서대로 칠했다. 나무를 먼저 칠하기로 했다. 보이는 색에서 가장 어두운 색을 찾아 미리 해둔 스케치를 의식하며 밑색을 칠하면 된다. 나뭇잎과 나뭇가지의 색을 표현하기 위해 여러 색을 섞었다. 처음부터 정확한 한 가지 색을 쓰기보다 색을 풍부하게 사용하는 게 좋다. 나무에서 보이는 모든 색의 물감을 꺼냈다. 나뭇잎에는 녹색만 있지 않다. 분홍색도 있고 보라색도 있었다. 그렇게 섞인 색들은 풍부하고 깊이 있는 색감으로 우러난다. 파란색도 추가해 페인팅 나이프로 물감을 반죽했다.

등 뒤로 인기척이 느껴졌다. 위 소장님이 한참을 서 계셨다. 조언을 해주고 싶은 눈치인데 조심스러워하시는 것 같았다. 선생님이 아닌 누군가의 훈수가 불쾌할 수도 있다는 위 소장님의 매너였다. 친절한 위 소장님이 자리를 뜰까 싶어 얼른 말을 붙였다.

"소장님, 저 맞게 하고 있죠?"

"구도는 잘 잡았는데!" 다른 이야기를 꺼내기 위한 인트로였다.

"색은 괜찮아요?" 만들어둔 나무색을 보여줬다. 그는 한참을 더 들여다보다가 말했다.

"조색할 때도, 같은 계열의 색을 사용해주는 것이 좋아요."

'조색'이라니. 뜻은 알지만 처음 사용해보는 단어였다.

"특히, 밑 색을 깔 때는 기본 색만으로 조색하는 게 중요해요." 내가 못 알아듣는 눈치이자, 흰색이 들어간 우유부단한 색은 나중에 써야 한다며 뚜껑이 열려 있는 핑크와 라일락 물감을 가리켰다.

"나뭇잎에 보이는 분홍과 보랏빛을 내보려고요…."

나는 머쓱해하며 답했다.

그런 우유부단한 색은 중간 톤이나 밝은 톤이 들어갈 때 사용하고, 지금은 가장 어두운 밑 색을 '기본 색으로 조색해서' 자연스럽게 깔아두는 데 집중해야 한다고 강조하셨다.

자연스러운 조색의 변화로 유화의 깊이가 깊어지듯이,
사랑도 서로 간의 조화를 통해 원하는 빛깔을 만드는
조색의 한 과정과 닮았다는 생각이 들었다.

나는 완성된 그림을 앞에 두고서
'사랑이 이루어지는 그림'이라고 주문을 걸었다.

Sparkling Moment, 캔버스에 유채, 2018.

그러곤 이내 시범을 보여주셨다.

기본 색이라고 하는 울트라마린, 번트엄버를 섞어가며 색의 변화를 관찰해보라고 했다. 거기에 옐로우 오커와 같은 노란색 계열을 섞으니 연두색이 만들어졌다. 옐로우 오커의 양에 따라 올리브색이 되기도 하고 수박색이 되기도 했다. 그렇게 만들어진 같은 계열의 다양한 녹색들로 나무를 칠했다. 나무는 자연스러운 색감의 변화로 울창한 숲이 되어 그림 속 다른 대상들과 조화를 이뤘다. 이것이 조색이었다.

위 소장님은 처음부터 색의 조화 없이 여러 색을 사용해버리면 나중에 밝은색이 올라오면서 '미운 색'이 된다고 했다. 다른 색에 덮이는 밑 색이라고 아무거나 섞지 말고 예쁜 색으로 깔아주라고 당부했다.

가끔씩 팔레트나 붓에 남은 물감이 아까워 그대로 섞어 칠해버릴 때가 있었다. 혼탁한 색이 되었더라도 어두운 부분은 그래도 괜찮다고 생각했다. 어차피 가려지니까.

제대로 조색하지 않은 색은 덧칠을 하면 할수록 미운 색이 되어 결국엔 우러나왔다. 가린다고 가려지는 것이 아니었다. 살면서 잘못된 상황을 모면하기 위해 거짓말을 하거나 얼렁뚱땅 수습했을 때 언제나 문제는 커져서 돌아오지 않았던가. 다행히 문제되지 않았더라도 가만히 들여다보면 흉터가 남아 있다. 그 흉터를 감추느라 나의 유화 작업 시간이 무한대로 늘어졌던 것이다. 깊이감과 밀도를 높이기 위한 덧칠 작업이 아닌, 원하는 색이 나오지 않아서 칠하고 덮기를 반복했었다. 아직 그리는 기술이 서툴러 남들보다 느리다고 생각했는데, 조색이 문제였다.

내가 쓰는 색감은 주로 채도가 낮고 어찌 보면 탁한 느낌의 것이었다. 이를 의식해 명랑한 색을 주조 색으로 시작해도, 결국엔 채도가 낮아지면서 의도치 않게 어두운 그림이 되었다. 선생님은 깊은 맛이 난다고 했지만, 의도와 다른 연출이 되어 내심 고민이 많았다. 유화를 잘 그리는 분들을 가만히 관찰했다. 특별한 물감이라도 쓰는 것은 아닐까 생각했다. 물감이 아니라 팔레트가 내 것과 달랐다. 그들의 팔레트는 작업 중인 그림의 축소판이었다. 캔버스에 사용된 색들이 질서 있게 팔레트 위에 자리하고 있었다. 그리고 그들은 붓을 구분해서 사용했다.

나의 붓에는 밝은색, 어두운색 구분 없이 온갖 색이 묻어 있었다. 팔레트는 새로운 색을 만들 공간이 없을 정도로 가득 차 있었다. 앉을 자리 없는 내 방 소파 같았다. 평소 습관이 이렇게 나온다.

조색을 배우면서 팔레트와 붓을 사용하는 습관을 교정했다. 한결 정리된 색감으로 숲을 칠하고 계단을 그렸다. 드디어 원피스를 칠할 때였다. 갑자기 밝은색을 쓰려니 겁이 났다. 차분하고 깊게 만들어 둔 그림의 분위기가 분홍색 때문에 깨지는 것은 아닐까 조심스러웠다. 분홍색의 채도를 낮춰서 전체와 조화를 이뤄야 했다. 미묘한 색감의 변화로 대비를 만들기란 쉽지 않았다. 쉬운 것이 없다. 위 소장님에게 톤 다운된 분홍의 조색 방법을 물었다. 소장님은 물감 양을 조절하면서 색을 직접 써보라고 했다. 색은 색으로 배울 수밖에 없고, 경험만이 유일한 방법이라며 어깨를 다독여주었다.

세상의 모든 분홍색을 만들어본 것 같다. 원하는 분홍색이 나올 때까지 조색하고 칠했다. 나에게 이런 끈질긴 면이 있는지 그림을 그리면서 알게 되었다. 그렇게 완성된 연인의 그림은, 부모님의 연애 시절을 떠올렸다. 모리스 드니의 색감을 감히 흉내 내진 못했지만, 색의 조화에 대해 많은 깨달음을 준 습작이었다. 부드럽게 스며든 색들의 조화는 그림을 든든하게 하고 사랑을 단단하게 만들었다.

자연스러운 조색의 변화로 유화의 깊이가 깊어지듯이, 사랑도 서로 간의 조화를 통해 원하는 빛깔을 만드는 조색의 한 과정과 닮았다는 생각이 들었다. 나는 완성된 그림을 앞에 두고서 '사랑이 이루어지는 그림'이라고 주문을 걸었다.

그림으로 전하는 마음

그림을 배우게 되면 언젠가는 누군가에게 내가 그린 그림을 선물하고 싶었다. 그림을 선물하는 행위만큼 낭만적인 일은 없는 듯했다. 내가 직접 그린 그림이라니, 이 시대의 로맨티스트가 된 기분일 것 같았다. 이사를 하는 친구에게는 꽃이 있는 정물화를, 엄마에게는 젊은 날의 초상화를 선물할 계획이었다.

채색화를 배우기 시작하면서 드디어 '그날'이 다가왔다고 생각했다. 친구들에게 내 그림을 보여주면, 그림에 대한 감탄보다는 '아직도' 그림을 배우고 있는 내 모습에 놀랐을 뿐이었다.

해마다 연초가 되면 화실에서는 '동행전'이라는 이름으로 학생들이 모여 그룹전을 했다. 동행전에 두 번째 참가할 때였다. 수채화로 꽃을 한참 그릴 때라 자연스럽게 전시 작품도 꽃 그림으로 준비했다. 꽃과 함께 커피 잔이나 책이 놓인 정물화를 그렸다. 매일 한 점씩 그려냈다. 완성과 실패를 반복했다. 겨우 전시 날짜에 맞춰서 마음에 드는 수채화 다섯 점을 제출했다. 전시회를 마친 후에 전시했던 꽃 그림을 고마운 분들에게 선물했다. 직접 서명한 그림을 선물하니 왠지 화가가 된 기분이었다.

서울 생활을 하면서 나를 가족처럼 챙겨주는 고마운 분들이 많았다. 그분들은 자취하는 것을 걱정해 김치를 싸주기도 하고 집 밥을 먹어야 한다며 자신의 집으로 초대해 닭볶음탕을 해줬다. 친구의 엄마가 그랬고, 오래된 직장 선배가 그랬다. 어떻게 이런 따뜻한 분들을 만나게 되었을까? 자주 마음을 표현하면서도 늘 부족하다고 생각했는데 그림 선물을 통해 진심을 겨우 전할 수 있었다. 그림 배우길 잘했다는 생각이 들었다.

그런데 전시회 작품을 모두 선물했다는 말에 화실 분들의 반응이 의외였다. 그림을 함부로 선물하지 말라는 것이다. 선생님의 의견도 마찬가지였다. 그림 선물은 그림의 가치를 아는 사람에게 해야 한다고 했다. 적은 돈이라도 받고 그림을 파는 것이 이상적이라는 이야기까지 나왔다. 그림을 '그냥' 주게 되면, 그 그림은 언젠가 버림받게 된다는 것이다. 유명 화가의 그림이 아닌 이상 그럴 가능성이 높다. 아무리 습작이라 해도 내 그림이 버려질 수 있다니, 생각만 해도 속이 쓰렸다. 언젠가 버릴 것이라면 차라리 내게 돌려주면 좋겠다.

그림을 그리다 보면 그림에 대한 애정이 무한대로 커져 나중에 팔린다고 해도 선뜻 내주지 못할 것만 같았다. 대부분의 사람들은 완성된 결과만 보게 되므로 그림에 들어간 작가의 시간과 노력은 모르는 게 당연하다. 본래 그림을 그리는 사람들이니 쉽게 그려내는 것이라 생각하는 걸지도 모른다.

부산 기차역에는 유화를 파는 곳이 있다. 그림마다 가격표가 친절하게 붙어 있다. 캔버스의 크기 혹은 작가에 따라 가격이 천차만별이다. 30만 원대의 가격표를 보고 비싸다는 친구의 반응에, 저기 들어간 물감 등 재료비만 해도 10만 원 이상은 나오고 거기에 들어간 시간과 노력으로 치면 무명 화가라고 해도 아쉬운 가격이라며 얼굴도 모르는 작가의 편을 들었다.

사실 나도 그림을 배우면서 따로 저금을 시작했다. 미술 재료비가 만만치 않았다. 유화를 시작하면서 더욱 실감했다. 8F의 작은 그림도 캔버스와 물감 값만으로 몇만 원이 훌쩍 넘었다. 거기에 액자까지 한다면…!

나 역시 그림을 배우기 전에는 미술을 전공한 친구나 디자이너 동료들에게 그림을 그려달라고 한 적이 있었다. 그림이 완성되기까지 일련의 과정들을 전혀 몰랐다고는 해도 쉽게 해서는 안 되는 부탁이었다. 게다가 내 얼굴을 그려달라고 했으니, 얼마나 난처했을까? 상대의 입장이 되어서야 알게 된다.

다른 이의 초상화를 그린다는 것은 모델에 대한 애정이 있어야만 가능한 일이다. 잘 알지 못하는 사람을 그린다는 것은 사진 속의 모습일지라도 어색하고 불편한 일이다. 그림에서도 낯가림이 발동하는 모양이다. 반대로 오래 본 사람의 얼굴은 비교적 쉽게 그려졌다. 가족의 얼굴이 그렇다. 레오나르도 디카프리오도 그런 편이다. 심지어 내가 보는 그 사람에 대한 마음이 투영되어 인물의 개성이 살아나기도 했다.

유화 한 폭을 시작하면 두세 달은 그리기로 화실에 소문이 났다. 퇴근 후 그릴 수 있는 시간이 한정된 탓도 있지만 솜씨가 서툰 게 더 큰 이유였다. 그런 내가 세 번의 작업을 통해 완성한 초상화가 있다. 건조하면서 그린 것을 포함해 거의 2주 만에 완성했다. 나를 두고 스페인으로 간 절친 언니의 얼굴이었다. 송파구에 혼자 남아서 뭘 했는지 보여주고 싶었다.

고흐 미술관에 가는 것이 꿈이었던 우리는 함께 암스테르담을 찾은 적이 있다. 아몬드 나무 그림을 눈앞에서 보고 눈물을 글썽거리던, 그때의 언니를 그려보고 싶었다. 스케치가 한 번에 나왔다. 안 보고도 그릴 수 있는 오래 본 얼굴이었다. 유화를 그릴 때마다 방황하던 붓질이었지만 이번엔 정해진 방향이라도 있다는 듯이 터치가 수월하게 되었다. 감정이 스며드니 그림의 방향이 쉽게 잡히고 표현도 자유로워졌다. 선생님도 웬일이냐며 크게 칭찬해줬다. 다른 그림을 그릴 때에 비해 헤매지도 않고 빠른 시간 내에 작업을 마쳤다. 좋아하는 언니의 얼굴을 그렸을 뿐인데, 심지어 전시회에도 소개되었다. 예상에 없던 일이었다. 하루빨리 직항을 타고 바르셀로나로 그림을 선물하러 가고 싶어졌다.

색을 입힐수록 풍성해지는 유화의 매력에 빠졌을 때쯤 엄마에게도 그림 한 점을 선물한 적이 있다. 엄마는 집에 걸어두면 부자가 된다는 사과를 그려달라고 했다. 그림이 무슨 부적이냐고 엄마에게 볼멘소리를 했지만, 전화할 때마다 화실에 있는 나를 못마땅해 하셨던 엄마가 그림을 그려달라고 하니 내심 기분은 좋았다.

노력 없이 부자가 되고 싶은 엄마의 꿈을 들어주고 싶기도 했지만 이왕이면 제대로 된 그림을 선물하고 싶었다. 사과가 아닌 해바라기 그림을 선물한 것도 이런 이유에서다. 처음으로 엄마와 단둘이 제주도 여행을 떠났을 때 우리는 함덕에서 사흘을 머물렀다. 첫날 찾았던 서우봉의 해바라기 밭과 그 위로 펼쳐진 하늘을 화폭에 담았다. 부자가 되기에는 해바라기 크기가 턱없이 작았지만, 대신 수십 송이의 해바라기를 채워 그렸다. 그리고 최대한 밝고 맑은 하늘을 그리려고 노력했다.

제주의 석양을 보고 가자며 손을 당기는 나에게, 해가 떨어지는 모습은 보고 싶지 않다는 엄마의 목소리를 기억했다. 그림을 가지고 부산으로 내려가는 내내 엄마의 기대에 미치지 못할까 봐 마음을 졸 그림을 선물한다는 것은 마음을 전하는 일이다.
그림을 그리는 동안 그림을 받을 상대의 표정을 상상하는 일은,
그림을 아름답게 그려야 한다는 최고의 동기가 된다.
내 마음이 전해진다면 충분하다.

여행, 캔버스에 유채, 2018.

였다. 상자 째로 담긴 사과가 아니라서 실망하실까 봐 긴장된 마음으로 엄마에게 그림을 보여줬다.

"여기 거기 아니가?!"

그걸로 충분했다. 그날의 하늘을 보면서 함께한 여행을 추억하는 것만으로도 성공한 그림이었다(물론 해바라기가 너무 작다는 둥, 색이 어둡다는 둥, 하늘이 너무 크다는 둥 엄마의 대 평론이 시작되긴 했지만).

그림을 선물한다는 것은 마음을 전하는 일이다. 그림을 그리는 동안 그림을 받을 상대의 표정을 상상하는 일은, 그림을 아름답게 그려야 한다는 최고의 동기가 된다. 내 마음이 전해진다면 충분하다. 아직 그림을 팔아보는 기분은 모르지만, 돈을 받지 않아도 좋았다. 다행히도 나의 고마운 사람들은 나의 그림, 아니 나의 마음을 소중하게 대해줬다.

하지만 요즘은 계획이 조금 바뀌었다. 당분간은 그림을 선물하지 않을 생각이다. 그림을 선물하는 것만큼 설레고 긴장되는 일은 없지만, 사랑하는 사람이 나타날 때까지 그 마음을 잠시 미뤄두고 싶다.

세 번째 장 ———

서툰 사람들끼리 주고받는 말

우리는 작은 새들이 지저귀듯이
그림을 그린다.

– 모네

일요일 아침의 발견

잠들어 있던 시간이
기다려지는 시간이 되는 마법

수채화와 유화를 배우기 시작하면서 퇴근 후 주어지는 두세 시간이 턱없이 부족해졌다. 연필 그림은 스케치북과 연필만 들고 자리에 앉으면 되지만, 채색화는 준비 과정이 꽤 걸린다. 그리는 과정도 연필보다 복잡해서 날을 잡고 그려야 한다는 생각이 들었다. 결국 채색화를 제대로 그리기 위해서는 주말에도 화실을 와야 했다. 주말에 시간을 내기란 퇴근 후 시간을 만드는 것보다 어려운 일이었다. 주중에 하지 못했던 일도 해야 하고 친구들과도 만나야 하며 무엇보다도 늦잠을 자야 했다.

주말 패턴을 가만히 살펴보니 아무것도 하지 않은 시간이 있었다. 일요일 아침이었다. 일요일 아침은 없는 시간이나 마찬가지였다. 나의 일요일은 점심시간이 한참 지나서야 시작되었다. 토요일에는 완벽한 주말을 보내보자는 파이팅이 넘쳤다. 주중의 노동을 보상받기 위해 토요일은 아침부터 부지런했다. 반대로 일요일 아침은 고요했다. 모든 활동이 오후가 되어서야 시작됐다. 침대 안에서 끙끙거리다 이대로 월요일을 맞이할까 봐 정신을 차리면 오후 3시였다. 전날의 흥으로 힘들어하던 친구가 무료함을 참지 못하고 나를 찾는 시간도 오후 3시. 그전까지는 잠을 자거나 멍 때리는 시간으로 흘려보냈다.

하루는 그림을 위해 일요일 아침을 깨워보기로 했다. 아무도 나를 찾지 않는 온전한 나만의 시간이었다. 잠만 조금, 아니 많이 줄이면 될 일이었다. 세상에서 가장 힘든 도전이었다. 화실의 문은 공식적으로 오전 11시에 열렸다. 평소 시간을 내기 어려운 회원에 대한 배려로 자율 학습 차원에서 좀 더 일찍 열리기도 했다.

일요일 아침에 나오면서부터 새로운 학생들을 알게 되었다. 오전 11시가 조금 안 되어 도착하면 먼저 나와서 그림을 그리고 있는 학생이 있었다. 거의 1시간이 넘는 거리에서 오시는 분인데, 곧 정년을 앞둔 고3 담임선생님이었다. 화실에서도 '선생님'이라고 불리는 그는, 평일엔 나와 그림을 그리는 시간대가 달라 마주칠 일이 없었다. 주말에 나오기 시작하면서 인사를 나누게 되었고, 내가 수채화 그림을 그리고 있을 때면 뒤에 서서 조용히 감상하시곤 했다. 고3 선생님은 연필 기초 과정을 마치고 나면 바로 수채화를 배우고 싶다고 하셨다. 그렇게 수채화라는 공통 주제를 가지고 대화를 시작하게 되었다. 한 번은 부지런을 떨어 일요일 오전 10시에 화실을 나가봤다. 그때도 고3 선생님이 계셨다. "도대체 몇 시에 나오세요?"라고 물으니 못해도 오전 8시에는 도착해서 그림을 시작한다는 것이었다.

고3 선생님의 화법에는 묘한 설득력이 있었다. 어떻게 하라고 지시를 하지 않아도 그의 가르침을 따르게 되었다. 행동으로 직접 보여주시는 것이다. 매주 일요일 아침마다 1시간이 넘는 거리를 자전거를 타고 화실에 도착해, 커피를 한 잔 마시고 차분하게 그림을 시작하는 기분을 행동으로 보여주셨다. 알 수 없는 힘에 끌리듯 나도 그 시간에 합류하기로 했다. 집과 화실의 거리가 10분도 되지 않는 내가 잠을 핑계로 그 기분을 느끼지 못하는 게 말이 안 된다고 생각했다. 선생님이 하자는 것은 나쁜 게 아닐 테니 믿고 해보기로 했다.

약속의 힘은 강했다. 혼자서 다짐하고 잠이 들 때는 절대 그 시간에 일어나지 못했는데 선생님이 기다린다고 생각하니 알람보다 먼저 눈이 떠졌다. 처음에는 몇 번 늦게 나타나기도 했지만 익숙해지면서 선생님에게 커피를 사는 여유도 생겼다. 친구들이 알면 놀라서 뒤집어지겠지.

그렇게 새로운 일요일 아침을 맞았다. 아침마다 수채화를 그렸다. 오후에 약속이 없으면 유화 연습을 병행했다. 퇴근 후 틈틈이 그림을 그리는 것보다 하루 내내 계획하여 그림을 그리는 것도 좋았다. 미대 입시생이 된 기분이었다. 덤으로 고3 선생님과 그림을 그리면서 인생 수업도 받을 수 있었다. 선생님이라는 직업 때문인지, 먼저 인생을 경험한 까닭인지 그가 들려주는 이야기에는 항상 가르침이 있었다. 사람들은 그를 '플랜 맨'이라고 놀리기도 했지만, 정년을 앞둔 연세임에도 1분 1초를 허투루 쓰지 않는 그의 모습을 보며 게을렀던 나 자신을 반성하기도 했다.

그는 수십 년간의 고3 담임 경력을 가진 선생님답게 상담이 특기였다. 내가 대학원 진학을 고민하던 때에 그는 과거 전공과 현재 직업의 비전을 전망하고 당분간은 그림보다 대학원 준비에 집중하라고 조언했다. 한 번은 매일 아침 수영을 한다는 선생님에게 자극을 받아 나도 다시 수영장을 다니겠다며 동네의 문화 센터에 등록하려고 했었다. 집과는 거리가 있지만 저렴한 비용 때문이라고 하자, 그는 비용 차이가 수십만 원이 아니라면 집 근처의 또래가 있는 체육 시설을 이용하라고 진지하게 일러주었다.

성인이 된 후 누군가에게 진로를 상담하고 제대로 된 조언을 받는 것은 참 오랜만이었다. 친구와 선배에게도 고민 상담을 하지만, 이제 각자 경험과 머리가 커진 터라 결국 마음의 소리만 듣게 될 때가 많았다. 하지만 선생님의 상담에는 전문성과 지혜가 있었다. 어른이 되면서 모든 일을 스스로 결정하고 책임져야 했기에 누군가에게 인생의 가이드를 받는다는 것은 잠시나마 패키지여행을 떠난 기분마저 들게 했다. 수영장 고르는 일까지 진지하게 들어주는 친구가 어디 있을까. 나에게 일요일 아침은 이제 기다려지는 시간이 되었다.

고3 선생님과 대화를 하다 보면 금방 시간이 흘렀다. 오전 9시가 되면 보조개 작가님이 오고 연이어 꽃밭을 크게 그리는 주부 학생이 도착했다. 보조개 작가님은 화실 한 바퀴를 크게 돌면서 내 그림을 보고는 "아직도 이거 그리냐?"며 놀리고는, 이내 아쉬운 부분을 점검해줬다. 보조개 작가님의 놀림이 반가웠다.

그렇게 우리끼리 그림을 그리고 있으면 어느새 화실의 진짜 선생님이 도착했다. 다만 일요일에는 원장 선생님이 아닌 보조 강사가 왔다. 웃음소리가 경쾌한 그녀는 학생들의 그림 형태를 하나하나 봐주는 꼼꼼한 스타일이었다. 나도 그림을 시작할 때면 강사 선생님에게 형태를 확인받은 후에 시작했다.

여느 때처럼 미리 잡아둔 형태를 강사에게 보여준 뒤 수정을 받고 있었다. 강사의 붓질을 따라 눈을 움직이느라 반쯤 정신을 놓았을 때쯤 "유미님, 그림이 그렇게 재밌어요?"라며 강사가 질문을 던졌다. 예상치 못한 엉뚱한 질문에 웃음이 터졌다. "어머, 그래 보여요?"

일요일 아침마다 그림을 그리러 오는 것 자체가 대단하다고 했다. 퇴근 후에도 틈틈이 드로잉을 하러 오고, 좋아하지 않으면 절대 못하는 일이라고 했다. 못 그리겠다며 우는소리를 입에 달고 사는 내가 즐거워 보인다는 것이 의아했다.

나를 비롯해 화실의 학생 대부분이 습관처럼 그림을 망쳤다거나 실력이 늘지 않는다고 우는소리를 한다. 서로가 보기엔 근사한 그림인데, 이번 그림은 망했다고 투덜댄다. 가만히 보면 이런 소리를 자주 하는 학생들일수록 화실 출석률이 좋았다.

고3 선생님도 그랬다. 횟수로는 아니지만, 매주 정해진 시간에 화실을 찾으셨다. 다만 그림에 있어 후회나 불평을 하시지 않는 것이 다른 학생들과 달랐다. 고3 선생님은 스트레스를 받으며 하는 것은 취미 생활이 아니라고 했다. 여행을 다니면서 그림을 그리고 싶었고, 그림을 배워서 행복하다고 했다. 그는 일요일이면 한 주 동안 아내와 함께 보고 온 것들을 그렸다. 그림 실력이 늘지 않는다고 속상해하는 나에게, 취미로 즐기는 마음을 몸소 보여주셨다. 그날 고3 선생님은 아내와 다녀온 경복궁과 덕수궁을 멋진 펜화로 그렸다. 며칠 뒤 미국에서 놀러오는 친구들에게 기념 선물로 줄 것이라고 했다.

일요일의 점심시간이 되었다. 고3 선생님은 일요일 점심은 아내와 함께해야 한다며 서둘러 화구를 챙겨 나갔다. 나는 강사와 함께 화실 앞 단골 분식집을 찾았다. 주문한 떡볶이와 김밥을 기다리면서, 강사는 나에게 그림 그리는 게 그렇게 즐겁냐고 다시 물었다. 놀리는 투가 아닌 진지한 말투라 어떻게 답해야 할지 모르겠어서, 오늘은 점심을 먹고 좀 더 그리고 가야겠다고 답을 대신했다.

서툰 사람들끼리
주고받는 응원

우리는 화실에서
서로 위로하는 법을 배웠다

그림을 그리다 보면 혼잣말이 는다. 지난 작업에 이어 그릴 때면 오늘 해야 할 분량을 되뇌어본다. "오늘은 창문까지 하자!" 주문과도 같다. 그러지 않으면, 창문의 틀도 그리기 전에 딴짓을 하기 때문이다. 한참 그리다 보면 한숨이 나온다. "에혀, 잘못했다!"

분명 속으로 말했다고 생각했는데 옆자리에서 "잘하고 있는데 뭘." 하고 격려가 날아온다. 기다렸다는 듯이 본격적으로 그림에 대한 한탄이 시작된다. "이 부분 채도가 너무 높죠?"라는 구체적인 질문이거나 "여기서 어떻게 들어가야 하죠?" 하는 밑도 끝도 없는 질문을 하게 된다. 같은 처지의 학생에게 말이다.

이젤 너머로 나만큼 그림이 잘 안 풀리는 학생이 있다. 끙끙거리는 소리가 채색하는 이곳까지 들려온다. 그림을 시작한 지 얼마 안 된 분이라 연필이 마음처럼 되지 않았나 보다. 자세히 들리진 않지만, 무슨 말인지 알 수 있는 혼잣말이 들린다.

"잘하고 있는데, 너무 잘했는데요!" 선생님이 나섰다.

"선생님처럼 안 되네요…."

연필을 배우면서 겪는 고민은 다 똑같다. 이 정도면 훌륭하다는 선생님의 칭찬에도 학생은 마음이 안 풀린다. 당연한 일이다. 이 시기에 선생님의 칭찬은 거짓처럼 들리기 때문이다. 왜 이렇게 못 그리는지 모르겠다는 학생에게, 선생님은 경험이 부족하기 때문에 서툰 것이 당연하다고 진지하게 토닥거려준다. 그림을 시작한 지 두 달 만에 이 정도까지 그리는 것은 대단하다는 진심 어린 격려도 잊지 않는다.

한때 나도 그랬다. 연필에 한참 빠졌을 때는 매일같이 퇴근하고 화실을 찾았다. 노력에 비해 실력이 늘지 않는다고 생각했었다. 연필을 배울 때는 손이 마음대로 안 움직여 환장할 노릇이었다. 선생님의 수업도 외계어로 들릴 뿐이었다. 중간 톤을 어디에 넣으란 말인지, 빛의 흐름은 어떻게 표현하라는 것인지 알 수가 없었다.

선생님을 끊임없이 찾게 되는 드로잉 팀과 달리 채색 팀은 우아해 보였다. 적어도 채색 팀에 합류하기 전까지는 그래 보였다. 연필 팀이 기초를 다지기 위해 치열한 사투를 벌이는 곳이라면, 채색 팀은 기본을 다진 사람들이 그 위에 색을 입히는 여유로운 작업을 하는 것처럼 보였다. 캔버스 한가득 자신만의 색들로 채워나가는 모습이 르네상스의 아틀리에를 연상시켰다.

하지만 채색 팀의 한숨은 차원이 달랐다. 구도와 형태, 명암 그리고 조색과 붓 터치까지 생각해야 했다. 거기에 자신만의 화풍을 만들어야 하는 예술가적인 고민까지 더했다. 색을 어떻게 써야 할지, 붓 터치는 어떻게 살려야 할지 연구해야 했다. 연필만으로 그릴 때는 선생님의 스케치가 목표였다면, 채색화를 그릴 때는 고흐나 르누아르가 이상향이 되었다. 인상주의 화가의 그림과 자신의 것을 비교하고 있으니 한숨이 땅을 뚫을 기세다.

화실의 한쪽 벽면에는 학생들이 작업 중인 그림들을 보관한다. 그림을 보관하고 건조하는 공간이기도 하면서, 누가 무엇을 그리는지 찬찬히 볼 수 있는 작은 전시 공간이기도 하다. 화실에 며칠이라도 나가지 못하면 그새 화실의 벽면에는 새로운 작품들로 가득 찼다. 잠시나마 게으름을 피운 나를 반성하게 했다. 분명 나보다 진도가 늦었는데 새 작품에 들어갔거나 실력이 예사롭지 않은 그림이 있으면 다시 의지를 불태우게 된다.

화실에서 다른 학생들의 작업 과정을 보는 것도 공부가 되었다. 행여 집중해서 작업 중인 분에게 방해라도 될까 싶어 살금살금 거리를 두고 한참을 감상한다. 다른 사람은 어떻게 연필을 쥐고 선을 긋는지, 면을 만들어내는 과정을 보는 것만으로도 도움이 된다. 실력 있는 분이 드로잉을 하고 있을 때면 인기 작가 사인회라도 열린 것처럼 그의 이젤 근처로 학생들이 몰려들었다.

　반대로 그림을 그리다 느낌이 이상해 뒤돌아보면, 나의 작업을 보는 분이 있을 때도 있다. 그들을 의식하게 되는 순간 긴장이 되어 쉽게 붓이 나가지 않았다. 그림이 잘 안 된다고 수줍어하는 나에게 그들은 약속이라도 한 듯 갈수록 실력이 는다면서 그림이 좋다고 한마디씩 해준다. 하늘 아래 펼쳐진 해바라기 밭을 그릴 때였다. 가만히 내 그림을 보던 학생 한 분이 직접 가서 보고 싶게 하는 그림은 처음이라며, 구체적으로 칭찬을 해주셨다. 워낙 뛰어난 해바라기 그림이 많은 터라 자신을 내지 못하고 있었는데, 예상치 못한 칭찬에 눈 밑을 붉적였다. 내 그림을 사랑할 줄 모르는 서툰 마음을 반성했다.

　형형색색 부엉이 그림을 그리는 주부 학생이 있었다. 어떻게 저런 색을 냈을까 한참을 들여다보게 하는 그림이었다. 강렬한 색상의 아우라를 내뿜는 부엉이 옆에서 함께 작업할 때였다. 나는 파스텔 톤으로 쌓여 있는 책을 그리고 있었다. 그림을 접을 때쯤 부엉이 그림을 그리는 주부 학생이 그런 색들을 어떻게 만들었냐고 나에게 물어왔다. 내 그림에 사용한 분홍색이 마음에 든다고 했다. 색을 만들 때 어떻게 만드는지도 재차 물으셨다. 아직은 조색 공식을 몰라서 이것저것 섞어보면서 만들 뿐이라고 했다. 덧붙여서 어두운 부분은 최대한 기본 색만으로 만든다고 대답하다 보니 제법 전문가가 된 기분이었다. 자신은 그렇게 해도 잘 안 된다며, 마치 나를 색의 마술사라도 되는 것처럼 추켜세워줬다. 정작 자신이 만들어낸 강렬한 색상의 아우라는 모르시는지. 나도 부엉이 색감에 대해 아낌없이 칭찬을 했지만, 그녀는 아직 한참 멀었다며 고개를 저었다. 이렇게 모두가 자신에게는 까다롭다.

수채화 열풍이 화실에 불어닥칠 때쯤 나와 비슷한 시기에 수채화를 시작한 50대의 학생이 있다. 나는 1년 정도 수채화를 하다 유화를 배우기 시작했지만, 그는 지금도 수채화를 그리고 있다. 수채화의 투명한 물맛을 제대로 살릴 수 있을 때까지 연습할 거라고 했다. 유튜브에서 수채화 강의를 보기도 하고 같은 그림을 두세 번씩 반복해서 그리기도 했다. 시간이 흘러 그는 더 이상 서툴지 않았다. 수채화 전문화가라고 해도 괜찮을 솜씨다. 그렇지만 그는 계속 연습하고 있다. 한번은 모두가 감탄한 그림을 그렸는데, 정작 자신은 마음에 들지 않는다며 새로 그릴 스케치북을 꺼내 들었다. 그가 계속해서 수채화에 도전하는 것은 자기 자신에게 주는 유일한 위안 같았다.

그림에 대한 고민이 끊이지 않는 이곳은 '성인 취미 미술 학원'이다. 다 큰 어른들이 직장과 가정을 벗어나 머리를 식히기 위해 오는 곳. 화실의 정체성을 의심하게 하는 우리의 한숨은 함께 나누기에 의미가 있다.

처음에는 누구나 솜씨가 없고 연필에 단련되지도 않았으며 색에 능숙하지도 않다. 그럼에도 자꾸 도전하는 까닭은 그 행위 자체가 우리에게 휴식이자 위안이기 때문이다. 수십 차례 연습을 하고 또다시 그려도 여전히 서툴지만 함께 그리는 시간을 통해서 우리는 조금씩 발전하고 있다.

화실 밖의 세상에서는 말하기 어려운 것들이 이곳에서는 괜찮다. 요즘 어떻게 지내냐는 안부에 연필이 잘 안 돼서 속상하다고 했다. 자신도 그랬다면서, 누구보다도 그 심정에 공감해준다. 오늘은 원하는 색이 나와서 행복하다는 말 속에 담긴 기쁨이 얼마나 큰지는 이곳 서툰 사람들만이 안다. 잘하고 있다는 선생님의 응원까지 더해지면 계속해서 그릴 용기가 생긴다.

한 분야에서 전문가가 되려면 7년 이상의 시간이 필요하다고 했다. 전문가가 되려고 시작한 것은 아니다. 그에 미치는 시간을 쏟아부을 필요도 없으니 서두르지 않아도 된다. 오랫동안 그리고 싶다는 마음이면 충분하다. 우리는 여전히 서툴고, 앞으로도 서툴 테지만 계속해서 그려나갈 것이다. 인생이라는 그림도 함께 그리기에 외롭지 않다.

더 이상
어른이 불편하지 않다

때로 누군가는
영원한 20대로 살아간다

인사는 늘 어렵다. 그렇다고 인사성이 없지는 않다. 항상 인사를 먼저 건네는 편이다. 목소리가 작다는 것이 함정이지만. 그래서 분명히 인사를 했는데도 가끔은 티가 나지 않는다.

"어, 언제 왔어?"

"아까 인사했는데…."

늘 이런 식이다.

화실에는 어른들이 많다. 40대부터 60대가 훌쩍 넘는 어른들까지 다양한 연령대가 있다. 이들은 항상 같은 자리에서 그림을 그리고 있다. 어른들이 있을 때면 늘 인사가 신경 쓰였다. 몇 번이나 어른들이 먼저 와 인사를 건네는 바람에 머쓱해진 적이 한두 번이 아니었다. 누가 뭐라고 하는 것도 아닌데 의도치 않게 예의 없는 아이로 보일까 걱정이 되기도 했다.

화실에서 인사를 가장 잘하는 사람은 선생님이다. 그는 학생이 오면, 뒤도 돌아보지 않고 큰소리로 이름을 부르며 인사를 외친다. 누군지도 기가 막히게 맞힌다. 따라 할 수 없는 인사법이다.

매일 정해진 낮 시간에 오는 60대 학생이 있다. 그는 항상 "수고하십니다."라고 인사하며 화실 문을 연다. 반사적으로 선생님이 "형님, 오셨습니까?"라고 인사를 건넨다. 그렇게 인사를 나누고 바로 작업 준비를 하는 게 보통의 순서인데, 60대 학생은 그전에 사람들에게 다가가 일일이 안부를 묻는다. 못 본 사이에 더 예뻐졌다거나 갈수록 그림이 좋아진다는 아재 특유의 유머로 어색함을 풀어줬다.

퇴근하고 화실에 도착하면 낮부터 와 있던 주부 학생들이 화구를 정리하고 있었다. 언니들은 가족의 저녁을 챙기기 위해 서둘러 떠나면서도 내게 밥은 먹고 왔는지 꼭 물었다. 저녁을 먹지 않았다고 하면 당장이라도 사줄 기세였다. 챙겨 먹었다고 몇 번쯤은 거짓말을 하기도 했다.

인사는 말로 하는 안녕에서 끝나지 않는다. 눈을 마주치며 서로의 안부를 묻는 것까지 포함되는 행위다. 하지만 화실에서는 안부 인사가 아니래도 괜찮았다. 그림에 대한 한마디면 되었다. 어린 사람이 먼저 하지 않아도 되었다. 어른들과 그림을 그리면서 그림 말고도 배우는 것이 많았다.

다양한 직업과 연령대가 모여 함께 그림을 그리다 보니 내가 모르는 세상 밖의 이야기를 들을 수 있었다. 사실 어른들과 이야기를 나눌 때는 그들의 인생사를 들을 각오를 해야 한다. '꼰대'라고 불리는 그들은, 묻지도 않은 이야기들을 늘어놓는다.

다행히도 이곳의 어른들은 그림 이야기를 한다. 그림에 대한 고민과 방향에 관해서 이야기하기 바쁘다. 그림 이야기를 하다 로코코 시대의 미술 양식까지 거슬러 올라간 적이 있다. 나는 이런 어른들과의 대화가 즐겁다.

"수고하십니다."라고 인사하는 60대 학생은 일상 속의 사람들을 그린다. 연필 그림부터 시작하여 수채화, 유화까지 수년간을 그려온 베테랑이다. 아트 페어에 참가하기 위해 작품을 준비하는 작가님이기도 하다. 염색하지 않은 은빛 머리칼이 멋스러운 그는 매일 빠지지 않고 정해진 시간에 와서 그림을 그린다. 그림을 그릴 때도 집중력이 보통이 아니다. 자리에 앉은 채로 2시간 넘게 집중해 그림을 그린다. 한참이 지나 믹스 커피 한 잔을 마시며 허리를 펴신다. 휴식을 취하는 시간에만 특유의 농담으로 화실의 분위기를 띄워놓았다가도 언제 그랬냐는 듯 이내 그림에 집중하신다.

그의 옆에서 그림을 그리게 되면 나도 덩달아 집중하게 된다. 한참을 그리다 오늘 영 진도가 나가지 않는다고 혼잣말로 투정하자 "계속 핸드폰 보느라 제대로 그렸겠어?"라고 일침을 놓으신다. 뜨

끔했다. 나조차 몰랐던 나의 나쁜 습관을 알게 되었다. 그 후로 그림을 그릴 때면 핸드폰은 손이 닿지 않는 곳에 밀어뒀다.

60대 작가님은 아침마다 운동을 하고 가게를 보다가 잠깐 시간을 내어 그림을 그리러 오신다. 그의 성실함은 전염성이 강했다. 어른이라고 먼저 조언하거나 가르치려 하진 않았다. 다만 스스로 행동하는 것으로 모범을 보여줬다. 60대 작가님이 화실만큼 빠지지 않고 가는 곳이 있는데, 바로 석촌호수다. 매일같이 호수를 돌면서 걷기 운동을 하셨다. 실제로 석촌호수에서 운동하는 그를 몇 번이나 목격하기도 했다. 집에서는 근력 운동도 따로 한다고 하셨다. 젊은 사람들처럼 몸을 만드는 거냐고 물으니, 오랫동안 그림을 그리고 싶어서 운동하는 것이라 했다. 운동을 해야 손도 떨지 않고 오래 앉아서 그릴 수 있지 않겠냐며. 나도 앞으로는 늦잠 대신 운동을 하겠다고 약속했다.

그들이 나이가 많아서, 먼저 인생을 산 어른이라서 본받고 싶은 것이 아니다. 20대 청년이 그렇게 살고 있다면 나는 그 청년을 본받을 것이다. 나이는 중요하지 않다. 어른들과 친구가 되자 나이는 별게 아닌 게 됐다. 그전까지만 해도 '나이는 숫자일 뿐'이라는 말은 한국에선 통하지 않는다고 생각했다. 하지만 그건 한국이라서가 아니라, 마음의 문제였다.

나도 이제 사회적으로 어리지만은 않은 나이다. 곧 마흔이라는 두

려움 속에 살고 있다. 뭔가를 이뤄야 한다는 강박과 이 나이를 먹도록 아무것도 해내지 않은 보잘것없는 나를 보며 후회하고 있다. 하지만 40대는 이런 나를 보고 좋을 때라고 했다. 무엇이든지 할 수 있는 나이라며. 70대 어르신은 그림을 배우러 온 60대를 보면서 자신도 저 때 그림을 배우기 시작했다면 얼마나 좋았을까 하고 한탄했다. 게으른 삶에 대한 다그침이나 청춘을 낭비하지 말라는 일장 연설이 아니어도 충분하다.

나도 마찬가지였다. 화실을 찾은 20대 청춘을 보면서 왜 나는 저 때 이런 취미를 가질 생각을 못 했을까 여러 번 후회했다. 어쩌면 그런 후회도 이렇게 살아봤기 때문에 할 수 있는 것이 아닐는지. 시간이 한참 지나서야 할 수 있는 생각들이다. 이제는 어른들이 말하는 '좋을 때'라는 말을 믿기로 했다. 먼저 경험한 것만큼 설득력 강한 것이 없으므로.

화실에서 언니 동생 하며 곧잘 이야기하는 친구가 생겼다. 나와는 열 살 터울로 대학생 아들이 있는 주부 작가님이다. 둘 다 꽃과 여자를 그리는 것을 좋아해 사진을 공유하고 그림을 고민하면서 가까워졌다. 그림을 마치고도 함께 저녁을 먹고 차를 마셨다. 또래 친구와 별다를 것 없는 시간이었다. 헤어지는 지하철역에서 액세서리 가게를 발견했다. 귀걸이나 반지를 저렴하게 파는 노란 불빛이 시선을 끄는 매장이었다. 주부 작가님은 아들이 피어싱을 했다며 내 손을

끌고 매장에 들어갔다. 아들이 어떤 스타일을 좋아할지 모르겠다며 골라달라고 했다. 아들과 같이 쇼핑하면 되지 않느냐고 물으니, 아들이 잘도 그러겠다며 웃었다. 자신도 오랜만에 귀걸이를 사야겠다며 한참을 구경했다. 내게도 귀여운 귀걸이를 선물해줬다. 돌아오는 길에 부산에 있는 엄마 생각이 났다. 딸이 있는 우리 엄마는 누구랑 쇼핑을 할까? 딸은 다른 어른들과 어울리고 있는데 말이다.

화실에서 어른들이 그림을 그리며 나누는 이야기를 듣고 있으면 엄마의 일상이 궁금해졌다. 엄마도 다른 사람에게 나를 자랑하는지, 여름이 오면 뭐가 먹고 싶은지, 요즘 홈쇼핑에서 제일 사고 싶은 것이 무엇인지 알고 싶었다. 붓을 내려놓고 엄마에게 문자메시지를 보냈다. "엄마, 오늘 점심에는 뭐 먹었어요?"

이곳에서 엄마의 나이는 어디쯤 될까? 앞니 빠진 손자를 그리는 분과는 동년배인 것 같은데 엄마는 아직 사위도 없다. 지난달 딸과 다녀온 해외여행을 자랑하는 분에게 딸이 몇 살이냐고 물으니 나보다 한참 어렸다.

엄마에게 당장 손자를 드릴 순 없으니 그전에 엄마와 함께 여행을 먼저 다녀와야겠다는 생각이 들었다. 문제는 엄마가 어딘가에 가는 것을 싫어한다는 것이다. 예전부터 부산에서 가까운 경주라도 가자고 하면 집에서 쉬고 싶다며 말문을 닫았다. 영화라도 보러 가자면 눈이 피곤해 싫다고 했다. 다들 엄마의 거짓말이라 했지만, 정말 우리 엄마는 내향적인 데다 실제로 몸이 안 좋긴 하셨다. 엄마는 내가 잘 안다.

하지만 자녀들과 여행을 다녀온 분들의 자랑을 들을 때마다, 친구들이 엄마와 영화관을 가고 카페에서 찍은 사진을 볼 때마다 나도 엄마와 놀고 싶은 마음이 간절해졌다. 다른 어른 말고 엄마와 친구가 되고 싶었다.

따지고 보면 우리 엄마는 다른 엄마들보다 젊은 편이다. 나와도 스무 살 정도밖에 차이가 나지 않았다. 연애를 해도 두 번은 더 할 수 있는 나이였다. 그럼에도 나는 엄마가 늘 피곤한 데다 이제 손자를 봐도 될 연세이니 힘들 수밖에 없을 거라며 알아서 속아준 셈이었다.

엄마가 환갑이 되던 해에 엄마와 여행하기 소원을 이뤘다. 8월의 폭염 속에 엄마를 모시고 제주도 여행을 다녀왔다. 엄마는 제주도가 처음이었고 비행기도 처음이었다. 엄마는 하늘을 나는 내내 창밖에서 시선을 떼지 않았다. 무슨 생각을 하시는지 말없이 하늘의 구름만 보고 있었다. 나는 엄마에게 침을 삼키라고 자꾸만 잔소리했다.

우리는 제주도에서 100장 넘게 사진을 찍었다. 평소 사진을 찍겠다고 하면 얼굴을 가리던 엄마도 그때만큼은 빼지 않았다. 엄마의 인생 사진을 남기기 위해 나도 열심히 셔터를 눌렀다. 성산 일출봉을 바라보는 엄마의 뒷모습은 프로필 사진감이었다. "엄마, 이거 프사해줄까?"라며 사진을 보여줬다. 엄마는 안경을 들어 한참 사진을 보더니, "이제 몸매가 아줌마가 다 됐다."며 혼잣말처럼 중얼거렸다. "엄마 원래 아줌마잖아." 엄마를 놀리며 엄마의 팔짱을 끼고 흔들어댔다. 엄마는 덥다며 치우라고 했다. 엄마의 혼잣말이 혼란스러웠다.

요즘 나도 사진을 찍는 횟수가 줄긴 했다. 언제부터인가 얼굴에 처진 느낌이 들면서 셀카를 찍어도 제 나이로 보이기 시작했다. 이제 동안이라는 소리는 듣기 글렀다. 마음에 드는 셀카 사진이라도 건지면 사진 보정 어플을 기가 막히게 쓰는 친구에게 부탁했다. "티 안 나게, 예쁘게, 알지?"

엄마에게도 나이 든 모습은 본래 자신의 것이 아니다. 엄마는 처음부터 아줌마도, 엄마도 아니었다. 여전히 소녀이고 여자인 걸 나는 미처 몰랐다. 돌아가면 그림 대신 사진 보정을 연습해야겠다고 다짐했다. 엄마도 티 안 나게, 예쁘게, 보정받을 자격이 있다.

나는 환갑이 된 엄마를 모시고 제주도에 왔다는 생각을 고쳐 맸다. 함께 청춘을 보내고 있는 사람과 여행을 하는 중이며, 그 사람이 엄마라 좋았다. 제주도 여행을 하면서 발견한 엄마는, 크림이 올라간 비엔나커피를 잘 마셨고 가슴 아래부터 주름이 있는 원피스를 좋아했다. 내 취향이 엄마한테서 온 모양이다.

내년에는 베트남으로 놀러 가자고 했다. 빨리 여권을 만들라고 하면 비행기는 답답하다며 두 번은 못 타겠다고 했다. 나도 두 번은 안 속을 테다.

　화실의 어른들과 만나는 날이면 엄마에게 전화를 했다. 화실에 나가지 않더라도 매일 화실을 지나쳐야 하는 동네이다 보니 결국엔 엄마에게 꼬박꼬박 전화하게 되었다. 엄마는 나에게 이제야 철이 들었다고 하셨지만, 나는 엄마의 30대를 함께 살고 있을 뿐이다.

"좋아요,
하고 싶은 것을 해요!"

내 마음대로 해도 된다는
용기를 얻는 순간

그림의 매력은 똑같지 않다는 것이다. 화가가 자신의 그림을 똑같이 다시 그려낸다고 해도 분명 온도 차가 있다. 그대로 그릴 거라면 사진이 낫다는 생각이다. 사실 사진도 그림의 하나라고 본다. 특히 SNS에 올라오는 사진들의 '갬성'을 존중한다. 모두가 예술가인 그곳에서 하트를 받으려면 탁월한 표현력을 겸비해야 한다. 사진에 글로 의미를 더해주면 어디에도 없는 감성이 생긴다.

그림을 배우고 연습하는 시간을 4년 정도 보냈을 때였다. 이제 모작이 아닌, 나만의 '갬성'을 찾아야 했다. 고흐가 고흐답게 그렸듯이, 내 이름 자체만으로 충분히 수식어가 되는 화풍을 만들고 싶었다. 사실적인 그림보다 동화적인 그림이 좋다. 핸드폰 사진첩에는 앙리 마티스의 책 읽는 여자, 샤갈의 키스, 모리스 드니의 그림들로 가득 찼다.

피카소는 하나의 선으로도 예술을 그린다. 선 하나로 그린 개는 몇백억 원을 호가한다. 피카소의 드로잉은 쉽게 그린 것처럼 보이지만, 그렇게 그리기까지 40년이 넘는 시간이 걸렸다. 때로는 단순하게 표현한 그림이 복잡하고 세밀한 그림보다 더 어렵다.

고흐는 〈아를의 침실〉을 그릴 때 색으로만 그렸다고 한다. 사물을 단순화해 위대함을 부여하는 작업이라 했다. 있는 그대로 똑같이 묘사하는 것이 목적이 아니라고는 하지만, 〈아를의 침실〉을 위한 밑스케치를 보면, 선 하나도 허투루 그리지 않았다. 바닥의 타일 선 하나하나가 다 그어져 있다. 단단하게 다져진 기본기 위로 색을 칠하며 말하고자 하는 것을 표현해냈다. 그렇게 해서 완성된 그림은 아를의 침실에서 고흐가 느꼈던 휴식을 여실히 보여준다. 나도 그런 그림을 그리고 싶다.

내 작품을 그리기 시작할 때였다. 소재를 찾아야 했다. 가장 먼저 꽃이 떠올랐지만, 흔한 소재이기도 하고 무엇보다 나의 이야기가 있어야 했다. 선생님이 그리고 싶은 사진들을 가져오라고 했다. 유럽 여행을 하면서 건진 인생 사진들을 챙겨왔다. 여행 사진도 특별하진 않았다. 선생님은 다른 방법을 제안했다. 내가 좋아하는 것들을 생각나는 대로 적어보라고 했다.

평소 책 읽기와 수영을 사랑했다. 테니스를 배우고 있을 때라 그

모습도 그리고 싶었다. 꽃과 커피 잔이 함께 있는 정물화도 좋다. 꽃병이 있는 테이블에 턱을 괸 채로 앉아서 책을 읽는 여자의 모습도 그리고 싶다. 앙리 마티스의 그림처럼 말이다. 바닷가에서 수영복을 입은 남녀가 책을 읽고 낮잠을 자는 모습도 후보에 올랐다. 자전거를 타고 달리는 내 모습도 빨리 그려보고 싶었다. 좋아하는 것들을 생각하니 일이 쉬워졌다.

흔한 소재이긴 해도 나만의 스타일을 만들어서 잘 그려보겠다고 다짐하고 결국 책 읽는 여자와 꽃을 그리기로 했다. 책 읽는 여자의 모델은 내가 되었다. 그림을 배우면 자화상을 그려보겠다고 했는데, 드디어 그 순간이 찾아온 것이다.

그림을 그리는 과정은 험난했다. 모작을 하는 것보다 훨씬 어려웠다. 몇 번이나 눈물을 삼켰는지 모르겠다. 창작의 고통이란 게 이런 것일까? 남의 그림이나 사진을 보고 따라 그릴 때도 끙끙거렸는데, 그때와는 차원이 달랐다. 차라리 똑같이 그릴 때가 더 수월했다는 생각마저 들었다.

'그렇게 그리면 안 돼.'

캔버스 위에서 붓은 방황했다. 팔레트에는 잘못 조색한 물감들로 가득 찼다. 눈썰미 있는 선배들이 오다가다 한마디씩 거들어줬다. 답답해 보이는 구도의 이유를 찾아주기도 하고, 중간색이 들어가야 하는 부분을 알려주기도 했다. 의견 하나하나 놓칠까 봐 메모를 해두기도 했다. 문제는 다른 사람들이 말해주는 대로 수정을 하다 보니 정작 진도를 나가지 못하고 제자리에서 뱅뱅 맴돌고만 있다는 거였다. 그도 그럴 것이 의견을 주는 사람에 따라 수정이 필요한 구도와 색이 다 달랐다. 정작 내 생각은 캔버스 어디에도 스며들지 않고 있었다. 그때 옆자리에서 50호가 넘는 캔버스에 작업을 하고 있는 분이 속삭였다.

"하고 싶은 대로 해요."

심 소장님이라고 부르는, 건축사이자 집을 그리는 작가였다.

"어떻게 해야 할지 모르겠어요."

내가 하고 싶은 것이 무엇인지도 모르는 백지 상태였다.

"처음에 생각했던 대로 해요."라며 그가 사진을 가리켰다. 책 읽는 여자의 모습을 그리기 위해 내가 직접 포즈를 취한 사진이었다. 입었던 원피스 색을 산호색으로 보정하고 배경은 하늘색으로 구상한 사진이었다.

"지금 색이랑 구성 너무 좋아요. 우아해! 르누아르 느낌이라니까!"

갑자기 얼굴이 달아오르는 것이 느껴졌다.

"정말요?"

르누아르라는 칭찬에 고작 정말이냐고 되묻는 모습이라니. 사실 그림을 배우던 초창기에 르누아르처럼 그릴 거라고 다짐했었다. 그런데 잘 그리지 못하더라도 아름답게 그리면 된다고 스스로 주문을 걸곤 했던 초심은 어느새 사라지고 없었다.

◈

◆

"어떻게 해야 할지 모르겠어요."
"처음에 생각했던 대로 해요."

"이거 해보려고요, 근데 너무 흔하죠?"
"좋아요, 해요! 하고 싶은 것을 해요!"
지금도 망설이는 모든 순간에 주문처럼 따라 외친다.
"유미 씨, 하고 싶은 대로 해요."

The Reader, 캔버스에 유채, 2018.

구상했던 사진을 다시 보며 달콤한 하늘색을 만들었다. 그리고 큰 붓으로 큼직큼직하게 바탕을 칠해나갔다. 르누아르처럼 발랄하게 붓 자국도 내보고 고흐처럼 물감을 두껍게도 발라봤다. 주위 사람의 의견에 흔들리지 않게, 그날 작업을 위한 작은 계획도 세웠다. 이때부터 그림 일지를 쓰기 시작한 것 같다. 심 소장님의 주문 덕에 눈물 대신 미소로 자화상을 완성할 수 있었다.

그 후로 새로운 그림을 준비할 때면 심 소장님을 찾았다. 선생님한테 상의하기 전에 먼저 보여주기도 했다. 그림을 상의한다기보다는, 심 소장님의 응원과 예쁨을 받고 싶은 마음이 컸다.

"이거 해보려고요, 근데 너무 흔하죠?"

"좋아요, 해요! 하고 싶은 것을 해요!"

"여기 창문도 넣을까요?"

"어어, 너무 좋아. 해요!"

"그림 안에 그림 넣으면 유치하겠죠?"

"아니, 너무 좋다니까. 해요, 하고 싶은 것을 해요!"

심 소장님은 내가 하는 것은 다 좋은가? 그 정도는 아니었다.

"근데 창문은 반듯하게 그리면 좋겠네."

이렇게 잘못된 것은 바로잡아 주었다. 가만히 보니, 심 소장님은 내가 하고 싶은 것을 하는 용기가 예쁜 모양인 듯했다. 어쨌거나 마음대로 할 수 있는 용기를 장착하게 되자 모든 일이 신이 났다. 그림을 그리지 않는 순간에도 말이다.

지금도 망설이는 모든 순간에 주문처럼 따라 외친다.

"유미 씨, 하고 싶은 대로 해요."

하고 싶은 것을 찾으려면 친구를 만나면 된다. 나의 그림에 대해서는 선생님이 가장 잘 알지만, 선생님은 화실 안에서의 내 모습만 안다. 틈틈이 펜 드로잉을 하고 수채화를 그리는 것을 선생님은 모른다. 가끔씩 회화가 아닌 일러스트 스타일의 소재를 보여주는 이유를 모를 테다.

내가 무엇을 먹고 싶어 하는지, 무엇을 입고 싶어 하는지 아는 사람이 있다. 바로 15년 지기 친구다. 그와 대화하면 내가 어떤 사람이었는지를 기억하게 된다. 그림을 그리면서 새로운 나를 발견하기도 하지만 본래의 모습을 외면할 때도 있다. 말하지 않아서 좋다고 하지만, 내가 어디에도 없는 수다쟁이라는 것을 친구는 알고 있다. 회사와 화실에서 점잖은 척 굴지만 친구 앞에서는 그럴 필요가 없다. 모든 것을 내려놔도 된다.

그날도 그리고 싶은 사진 몇 장을 선생님에게 보여줬다. 선생님은 흔한 소재라며 좀 더 특별한 것을 찾아보라고 했다. 대체 뭘 그려야 하는 것인지 답답해졌다. 선생님 앞에서는 점잖게 수긍하고 더 찾아보겠다고 했지만, 솔직히 '멘붕'이었다. 다들 꽃을 그리고 바다도 그리는데 왜 내게만 이렇게 까다로운지 모르겠다. 화실에 가기가 싫어졌다. 이런 날도 있다.

답답한 마음에 친구를 찾았다. 뭘 그리면 좋을까? 나의 하찮은 고민에 친구는 자신이 그동안 모아둔 이미지를 풀었다. 패션 디자인을 하는 친구는 매 시즌 패션 화보와 영감이 될 만한 감성이미지를 수백 장 보유하고 있었다. 거기에 우리가 함께했던 날들의 사진까지 있으니 그의 핸드폰은 웬만한 이미지 사이트보다 나았다. 필요하다면 원하는 포즈의 사진을 찍어줬다. 인생 사진의 반은 그가 찍어준 것이다.

"이거 어때?" 친구가 보여준 사진은 초여름날에 함께 치킨을 사들고 어린이 대공원에서 돗자리를 펴놓고 놀 때였다. 사진 속의 나는 파란색 셔츠원피스를 입고 챙이 큰 모자를 쓰고 있었다. 책을 읽고 있는 모습인데, 분명 읽는 척이었다. 사진은 르누아르 느낌의 풀밭의 여인쯤 돼 보였다.

"이런 건 너무 흔해서 안 돼." 선생님처럼 말했다. 친구는 안 되는 게 어딨냐며, 왜 그리고 싶은 것을 그리면 안 되냐고 물었다. 뭐라 설명을 해야 할지 몰라서 선생님을 팔았다.

"선생님이 책 보는 그림은 평범해서 안 된대."

"딱 봐도 네 감성인데." 친구는 선생님이 우리 감성을 모른다면서 사진을 이리저리 만지기 시작했다. 금세 '갬성' 있는 작품으로 만들어줬다. 역시 사진은 보정이라며 씽긋했다. 이 정도면 선생님한테도 먹힐 거라며 커닝 페이퍼처럼 넘겨줬다. 그러곤 무엇이든 내가 그리면 특별한 그림이 될 거라며, 하고 싶은 것을 하라고 했다. 마지막

드래곤 볼을 발견한 기분이었다. 그제야 배가 고파진 우리는 치킨을 시켰다.

다음 시간에 그 사진을 선생님에게 슬쩍 내밀었다. "그래도 한번 그려볼래요." 지난 시간보다 목소리를 크게 내어 말했다. 나에겐 든든한 지원군이 있기 때문이다.

칭찬받아 마땅한 우리

마음속 깊이 간직하고 싶은
보상의 말들

칭찬받기 싫어하는 사람이 있을까? 나 역시 누군가가 나에 대해 좋은 말을 해주기를 바란다. 그것이 인사치레처럼 그냥 하는 말이라 해도, 칭찬은 언제나 듣기 좋다.

"피부가 어쩜 이렇게 좋아요?" 처음 만나는 사람들은 주로 나의 흰 피부나 큰 키에 관해서 이야기한다. 외모를 이야기하는 것은 매너가 아니라고 하지만, 그것만큼 말 걸기에 좋은 구실은 없다. 사실 나에게 흰 피부와 큰 키는 콤플렉스였지만, 칭찬이니까 괜찮다.

"타고난 거 같아요."

매번 답하다 보니 능청이 늘었다.

예전에는 키가 커서 좋겠다는 말에도 지금처럼 여유 있게 받아치지 못했다. 지금이야 "힐 신으면 180이에요."라고 장난스럽게 답하지만, 그때는 키가 커서 싫다고 정색했다. 키가 커서 불편한 점, 마음에 들지 않는 점을 늘어놓았다. 상대방은 기분을 좋게 해주려고 한 말일 텐데 나는 그런 상대방을 머쓱하게 만들었다.

칭찬은 하는 것도 중요하지만, 받는 것도 중요하다. 그 후로 칭찬을 가장한 가벼운 인사라도, "아니에요." 하지 않고 "감사합니다." 라고 인사했다. 어쩌다 "예뻐요."라는 말이라도 들으면 "그런 말 많이 들어요." 하고 얼른 칭찬을 챙겼다. 거기에 "당신이 더 예뻐요." 라고 덧붙였다면 참 좋았을 텐데, 이건 잘 까먹었다. 엄마는 나의 공주병이 큰일이라고 했다.

이런 나도 화실에서는 칭찬을 능청스레 받아치지 못한다.

"우와, 이 그림 죽이는데, 왜 이렇게 잘 그렸어?" 화실에서 칭찬을 가장 많이 해주는 사람은 선생님이다. 사실 선생님의 칭찬은 어디까지가 진심인지 알 수가 없다. 뭘 하지도 않았는데 자꾸 잘한다고만 한다. "아니에요." 칭찬을 해줘도 나는 울상이다. 그런 말도 안되는 소리 하지 마세요. 제발.

나만 그런 것이 아니다. 다른 학생들도 선생님에게 칭찬을 받으면 일단 의심을 품는다. 초등학생이 그린 그림 같지 않느냐고 투정을 부리면, 선생님은 초등학생을 무시하냐며 장난을 걸었다.

언젠가 작업하던 유화의 색이 탁한 게 마음에 들지 않아 꿍해 있을 때였다. 선생님은 전체적으로 중후하고 깊은 맛이 난다며 색감이 마음에 든다고 했다. 나는 그림이 어둡고 지저분해 보인다고 우는소리를 했다. 시종일관 우는소리를 하면서 그림을 그려가고 있을 때 학생 한 분이 내 그림 색과 분위기가 너무 좋다며 다가왔다. "가까이서 보면 안 그래요." 의자를 앞으로 당겨 그림을 몸으로 가리다시피 했다. 이번 그림엔 정말 자신이 없었다.

보다 못한 선생님이 그림을 그리는 사람이 자기 그림에 그렇게 자신이 없어서 되겠냐고 타이르듯 말했다. 그림에서는 작가의 마음이 그대로 드러나기 마련이라고 했다. 작가 스스로 저평가한 그림이 누구에게 사랑받을 수 있겠느냐는 말이 따끔하게 박혔다. 자신의 그림에서 마음에 들지 않는 점은 개선하기 위해 노력하면 된다고 했다. 그것을 하지 않는 자세를 반성해야지 애꿏은 그림만 미워하고 있냐는 것이다. 물론, 지금의 실력이 절대 나쁘지 않다는 칭찬도 잊지 않았다. 겸손한 것은 좋지만, 부정은 하지 말아야 한다.

어두운 분위기의 유화를 마치고, 기분 전환을 위해 새로운 작품은 분홍색을 주조 색으로 정했다. 분홍색 리본으로 묶인 책들이 있는 사진이었다. 분홍색 원피스를 입은 소녀가 그 책들을 들고 있는 사진도 준비했다. 6S 크기의 앙증맞은 캔버스 두 개를 나란히 이젤에 세웠다. 분홍색에는 자신이 있었다. 자신 있게 조색하여 캔버스에 칠해나갔다.

"색이 너무 고와요." 옆자리에서 조용히 수채화를 그리던 주부 학생이 말을 붙였다.

"헉, 아니에요." 습관적으로 말을 잘랐다. 평소 대화를 하지 않았던 분인데, 금방 말을 자른 것 같아 어색해졌다.

"저도 예전에 수채화를 그렸는데, 그때 배운 게 유화에 도움이 좀 된 것 같아요." 하고 말을 다시 이었다.

"유미 씨, 수채화 그리는 것 봤어요. 그거 보고 나도 수채화 배우고 싶다고 생각한걸요."

"우와, 정말요? 음, 제가 한때 수채화 요정이던 시절이 있었죠!"

이런…. 놀란 기분에 숨어 있던 내가 덜컥 나와버렸다.

어쨌거나 나를 잘 모르는 사람에게 받는 칭찬은 묘한 짜릿함을 주었다. 누군가에게 작은 영향을 끼쳤다고 생각하니 기분이 우쭐해졌다. '언제 보셨을까? 수채화로 뭘 그릴 때 보신 거지?' 수채화를 그리던 시절이 떠올랐다. 나를, 아니 내 그림을 보고 있었을 그분의 모습이 수채화처럼 그려졌다. 그때도 실력이 탄로 날까 부끄러워서 그림을 가리고 싶은 적이 한두 번이 아니었다. 그랬던 나인데, 그런 나를 보고 수채화를 배우고 싶어졌다니. 이젤 앞에 앉은 채로 둥둥 떠오르는 기분이었다. 오랜만에 수채화 물감을 꺼내봐야겠다는 생각도 들었다. 그러고 보니 나는 연필 소묘도 할 줄 알고, 수채화도 그릴 줄 안다. 이제는 유화까지 그리고 있다. 갑자기 나 자신이 대견해졌다.

◈
◆

"색이 너무 사랑스러워."
아니라고 부끄러움의 손짓을 하지만,
내심 듣고 싶은 칭찬은 마음속 깊이 저장해둔다.

앞으로도 그럴 것이다.
그것이면 충분하다.
우리는 칭찬받아 마땅하다.

선물 1, 캔버스에 유채, 2019.

생각해보니 정작 내가 자신을 칭찬한 적이 없었다. 보상은 자주 해주는 편이다. 밀가루를 먹지 않은 6일째에는 내게 치킨을 시켜줬다. 한 달 동안 수고한 나를 위해 운동화를 사주거나 여행 티켓을 끊어줬다. 그런데 정작 그림에 대한 보상을 한 적이 없었다. 칭찬도 마찬가지다. 그림 자체가 일과에 대한 보상이자 선물이었기 때문이다. 직장 생활과 무료한 일과에 대한 보상으로 나 자신에게 그림을 선물했다. 하지만 정작 그림을 그리면서 내 그림을 칭찬하지는 않았다. 늘 못 그리고 잘 안 되고, 재능이 없다고 꾸짖었다. 내가 그린 그림을 까다롭게 볼수록 사람들의 칭찬은 늘어났다.

"아직도 그림을 그리다니 대단하다", "색이 너무 사랑스러워", "이번 구도 너무 좋은데, 작품 한번 만들어보자."

여전히 아니라고 부끄러움의 손짓을 하지만, 내심 듣고 싶은 칭찬은 마음속 깊이 저장해둔다. 그동안 들었던 칭찬 중에서 가장 기억에 남는 말은 "유미 씨 드로잉은 웬만한 입시 미술생보다 좋다."는 선생님의 칭찬이었다.

사실 나에게는 미술을 전공하지 않은, 미술 교육을 제대로 받지 않았다는 콤플렉스 같은 것이 있었다. 취미로 배운 그림은 전문 교육을 받은 시선으로부터 무시당할 수 있다는 자격지심이 있었다. 나 스스로 내 그림들에게 그런 시선을 보내고 있었던 것이다. 선생님의 칭찬이 거짓말이어도 좋았다. 4년간의 시간을 보상받는 한마디였다. 성취감이 느껴졌다. 너무 과한 칭찬이라 능글맞게 굴지는 못했지만, 마음속 깊이 넣어두었다. 정말 그렇게 되기 위해 열심히 그려야겠다고 다짐도 했다.

　자기 자신이 하고 있는 일을 통해 작은 성취감을 얻으면 된다. 나에게 그림의 목표는 공모전 입선이라거나 유명 화가가 되는 것이 아니다. 나는 직장인이지만, 그림을 그린다. 게다가 이제는 취미로 시작한 실력 치고는 그림도 나쁘지 않은 듯하다. 감히 인상주의 화가의 그림과 비교하고 있으니 문제인 거다. 이제 나는 일과를 마친 후나 여행을 하면서 본 것을 그릴 수 있게 되었다. 앞으로도 그럴 것이다. 그것이면 충분하다. 우리는 칭찬받아 마땅하다.

천천히 그려요

모든 것들이
있어야 할 자리에 있으려면

그림을 그리면 차분해진다. 클래식 음악이 나오는 날이면 세상의 모든 우아함을 가진 기분이다. 연필을 잡은 손목에 힘을 빼고 팔의 힘으로, 마치 지휘자의 가벼운 손짓처럼 스케치를 해갔다. 선을 쌓아가면서 집을 세우고 나뭇가지에 잎을 피우니, 이번엔 꽤 괜찮은 음악이 나오겠다.

"유미 씨, 천천히 그려요."

중저음의 목소리에 나의 작은 연주회가 멈췄다. 늘 내게 작은 미술 강의를 해주시는 위 소장님이었다.

"선을 좀 더 천천히, 차분하게 그어봐요."

"드로잉이라서…."

선이 급했던 이유를 어물거렸다. 실은 나름대로 우아하게 그리고 있었는데 말이다. 드로잉은 소묘보다는 속도감이 있어야 한다. 인물이나 사물의 특징을 잡아서 선과 면의 맛을 살려내는 것이 중요하다. 드로잉을 할 때마다 형태를 수정하겠다고 오래 잡고 있으면 선생님은 아직도 하고 있냐며 면박을 준다. 형태에 그만 집착하고 멋을 살리라고 늘 강조하신다. 그랬던 나인데, 빨리 그리고 있다니 당황스러웠다.

얼른 이젤 앞자리를 소장님에게 내드렸다. 소장님도 시간을 쪼개어 그림을 그리러 오실 텐데 내 그림을 봐달라는 것이 염치없었지만, 이런 기회는 흔치 않았다. 소장님은 흔쾌히 평소처럼 시범을 보여줬다. 선을 긋는 그의 손동작을 직접 보니 '천천히 그리는 것'의 의미를 알 수 있었다. 일단 선을 그을 때는 하나의 선도 허투루 그리면 안 된다. 선에 시작점이 있으면 마지막도 있어야 했다. 그 선이 짧거나 길더라도 끝까지 잡아줘야 한다며, 소장님은 지붕의 선을 연결해갔다. 선을 그을 때 강약을 주는 건 잘하고 있다며 칭찬도 잊지 않았다. 사실 선의 강약도 소장님에게 배운 것이었다. 강약을 줄 때도 선의 끝은 날리지 말라고 했다. 정말 선 하나를 다르게 그었을 뿐인데, 지붕이 단단해졌다. 나무는 색을 칠하지 않았는데도 나뭇가지와 잎이 풍성해졌다.

"감사해요, 소장님."

진심이었다. 선생님도 아닌데, 누가 나를 이렇게까지 가르쳐줄까.

"조금만 더 천천히, 은근 성격이 급해." 명심, 또 명심했다.

사실 성격이 급하다는 말을 이때 처음 들었다. 나는 본래 느린 사람이었다. 느긋하고 게을렀다. 말과 행동이 굼뜬 탓에 주위 사람들이 답답해할 때도 많았다. 서두르는 법이 없어 기차나 비행기를 탈 때도 시간을 딱 맞춰 탔다. 아슬아슬하게 겨우 타거나 늦어서 기차를 놓친 적도 많다. 별명이 곰인 것도 외관상의 이유 때문이 아님을 안다. 그런 내가 급하다니, 새로운 시선이었다.

위 소장님의 조언을 의식하며 다시 선을 그었다. 처음과 마지막을 확실하게, 그러면서도 선의 강약을 주는 것은 잊지 말고. 말처럼 쉽지가 않았다. 손에 힘이 많이 들어가는 일이었다. 그동안 쓰윽쓰윽 그었던 것이 편하게 그렸다는 생각이 들었다. 한참 그림을 그리다 사각사각 연필 소리에 정신을 차려보니 다시 손목이 빨라지고 있었다. 선이 끝까지 그어지지 않고 중도에 힘없이 풀어졌다. 선에 속도가 붙는 것이 아니라 선을 대충 긋는 느낌이었다. 몰랐던 내 모습을 발견했다. 충격이었다. 나는 느긋한 사람이 아니었다.

연필을 내려놓고 다른 사람들의 손을 관찰하기 시작했다. 부드럽고 가는 선을 사용하는 강사의 손을 봤다. 가이드 선마저도 깔끔했다. 저래서 언제 면이 되려나, 하고 한참을 지켜봤다. 연하고 가는 선들은 어느새 투명한 면이 되어 입체가 될 단계를 준비했다. 선의 강약을 자유롭게 표현하는 학생의 스케치북을 펼쳤다. 표현할 것만 강하게 표현하고, 나머지는 날리는 식의 강렬한 드로잉이 특징이었다. 강하고 굵은 선만 썼을 것 같았는데 콧등의 미세하고 짧은 선까지도 살아 있었다. 머리카락으로 덮인 목덜미에도 강한 선들이 나란히 그어져 있었다. 그저 어둡게 표현하면 되는 부분인데, 선들은 있어야 할 자리에 각자의 방향대로 누워 있었다.

나도 이제 선을 진지하게 대하기 시작했다. 긴 선을 그을 때도 선을 끝까지 놓지 않았다. 가늘지만 힘 있는 선이 그어졌다. 그렇게 천천히 그렸다. 미세한 선들이 생겨나고, 면이 보이기 시작했다. 사람들은 나의 그림을 보며 면으로 그린다고 말한다. 무슨 의미인지 잘 모르겠지만, 면으로 그리는 습관이 이때부터 자리 잡은 것 같다.

그 후로 평소 생활 습관에도 변화가 생겼다. 그전까지는 책을 읽으면 그 자리에서 다 읽어버리곤 했다. 속독이 책을 많이 읽어 생긴 장기라 여겼다. 그런데 문득 책을 읽고 나서 기억에 남는 구절 하나 없다는 것을 깨달았다. 인생 책이라며 주위 사람들에게 자신 있게 권하는 《자기 앞의 생》에서도 외우고 있는 구절이 하나도 없었던 것이다.

책을 읽더라도 단어 하나, 문장 하나를 음미하며 읽기 시작했다. 눈이 다음 페이지를 향하더라도 다시 시선을 돌려놓기를 반복했다. 오랜 습관이라 쉽게 고쳐지지는 않았다. 그래서 택한 방법이 소리 내어 읽기였다. 입술과 함께 움직여야 하니 시선이 먼저 달아날 수 없었다. 그러다 보니 작가의 문체가 서서히 보이기 시작했다. 작가가 써내려간 문장에 담긴 마음을 읽을 수 있었다.

그림이 잘나오면, 이런 느낌으로
계속 그려보겠다고 생각했다.
혼자만의 시간을 보내고 있는 우리의 모습을 말이다.

붓을 들면서 혼잣말로 되새겼다.
나 자신에게 거는 주문이 점점 많아진다.
잘하고 있어요. 하고 싶은 대로 해요.
그리고 천천히 그려요, 유미 씨.

자기만의 방 1, 캔버스에 유채, 2019.

피, 땀, 눈물까지 느끼진 못했지만, 적어도 한 자 한 자 꾹꾹 눌러 담은 마음이 보였다. 그림도 마찬가지라고 생각하니 아찔했다. 조급하게 그어진 연필 자국이나 붓질에서는 그림에 대한 정성이 보일 리가 없었다.

붓질만 급할 뿐 그림이 완성되기까지는 꽤 오랜 시간이 걸렸다. 정교한 작업을 해서가 아니라 어두운색 위에 바로 밝은색을 올렸다가 다시 어두운색으로 덮어버리길 반복했기 때문이었다. 그렸던 곳에 다시 색을 입히다가 원점으로 돌아갔다. 한마디로 헤매는 것이다. 매번 작품을 할 때마다 이런 과정이 반복되었다. 그릴 때 제대로 그려야 하는데, 메우는 데 급급했다.

계획이 필요했다. 색을 만들고, 색을 입힐 부분을 생각해야 했다. 그러지 않고는 물감과 시간만 버릴 뿐이었다. 그림 일지에 그날그날 무엇을 그릴지 기록하고 확인했다. 정해진 만큼만 해도 되니 붓질을 서두르지 않게 되었다. 정해진 마감일이 있는 것도 아니니 매일 조금씩 완성하면 그것으로 된 것이다.

새로운 그림을 시작할 때였다. 지난 시간 밑 색을 칠한 캔버스를 꺼냈다. 다들 구도도 괜찮고, 그림이 기대된다고 했다. 본격적으로 색을 칠하는 날, 구성해둔 사진을 보고 스케치를 했다. 창문이 큰 방에서 책을 읽고 있는 사람을 그렸다. 그림이 잘나오면, 이런 느낌으로 계속 그려보겠다고 생각했다. 혼자만의 시간을 보내고 있는 우리의 모습을 말이다.

시작 전에 괜히 어깨를 으쓱하고 손목을 털어본다. 붓을 들면서 혼잣말로 되새겼다. 나 자신에게 거는 주문이 점점 많아진다.

잘하고 있어요.

하고 싶은 대로 해요.

그리고 천천히 그려요, 유미 씨.

왜 그녀는 에펠탑을
슬프게 그렸을까?

저마다 다른 이야기를
품고 있는 그림의 힘

내가 다니는 화실에서는 1년에 한 번 인사동에서 전시회를 한다. '동
행전'이라는 이름으로, 화실 학생들의 그림으로 꾸며진다. 연필화부
터 수채화, 아크릴화, 유화까지 다양한 종류의 그림이 전시된다. 그
림을 배운 지 1년도 안 된 학생부터 10년이 다 되어가는 작가 수준
의 학생까지 참가할 수 있다. 한 해를 마무리하는 작은 행사이다.

　우리만의 재롱잔치 느낌이지만, 준비 과정은 치열하다. 그렸던 그
림을 골라서 내기보다는 전시를 위한 작품을 특별히 준비한다. 공식
적인 자리에 그림을 선보인다고 하니 신경 쓰지 않을 수가 없다.

　나의 첫 번째 동행전은 그림을 배우기 시작한 지 겨우 1년이 조금
넘었을 때였다. 연필 소묘를 그린 뒤 수채화를 갓 배우고 있을 때 전
시회를 신청했다. 지금 생각해보면 무슨 용기에 그랬는지 모르겠다.

선생님의 응원이 컸다. 무조건 전시회에 참가해야 실력이 는다고 했다. 목탄화와 수채화를 각 한 점씩 내기로 하고 처음으로 맞춤형 캔버스를 주문했다.

동행전은 연초에 열리는 까닭에 연말이면 화실은 작품을 준비하는 학생들로 정신이 없다. 유난히 바쁜 연말에 시간을 쪼개서 나와야 하니 다들 마음이 급하다. 예를 들어 1월 전시라면 그림을 말리는 시간과 액자를 하는 시간까지 고려해 그림은 최소한 한 달 전인 12월에 완성을 해야 하기 때문이다. 보통 전시회 참가 신청은 거의 6개월 전에 하지만, 무엇이든지 임박해야 정신이 든다. 그림도 예외가 아니었다.

이때 나는 미래의 일을 모르고 홍콩 여행을 12월로 예약했었다. 한 달 전에 미리 그림을 끝내면 된다는 계획 하에 충분히 여유를 두고 가을부터 전시 준비를 했다. 목탄화는 연습을 많이 해서 그런지 수월하게 진행되었다. 오히려 자화상에 쓸 사진을 구하는 것이 일이었다. 모델 포즈로 수십 장의 사진을 찍었다. 막상 내 모습을 셀카 사진이 아닌 화보 느낌의 사진으로 담으려니 어색하고 오글거렸다. 얼굴이 예쁘게 나온 사진보다 빛과 어둠이 잘 들어간 사진으로 선택했다. 그리기 쉬운 것이 중요했다.

문제는 수채화였다. 물맛을 내기는커녕 붓질도 서툰 상태에서 전시회 준비를 하는 것은 무리였다. 여행 날짜는 다가오는데 선생님은 자꾸만 다시 그리길 원했다. 선생님도 이번만큼은 완성도에 까다로웠다.

여행을 떠나기 전 마지막 주말에 수채화를 완성했다. 마지막 사인을 하고 선생님과 하이파이브를 했다. 이제 아무 걱정 없이 홍콩으로 떠나기만 하면 되었다. 전시를 앞두고 오르는 여행길이란, 완벽하게 준비한 시험 전날 같았다. 묘한 긴장감은 어쩔 수 없지만 결과를 걱정하지는 않았다. 이보다 잘해낼 수는 없었기에. 홀가분한 마음으로 여행에 집중할 수 있었다.

여행을 다녀온 뒤 한동안 화실을 찾지 않았다. 이미 4번의 동행전에 참가하고 있지만, 매번 전시 작품을 제출하고 나서 몇 주 동안은 그림을 그리지 않았다. 나만의 작은 보상이었다. 퇴근 후 아무것도 하지 않는 자유를 만끽했다.

그렇게 딴짓을 하다 보면 전시가 시작된다. 해마다 인사동에 있는 갤러리에서 일주일 동안 전시를 했다. 전시장은 참가한 학생들이 돌아가며 지켰다. 1일 큐레이터가 되는 것이다. 나는 출근하지 않는 토요일 오전에 당번을 신청했다. 주말 아침이라 사람이 많지 않을 거라 생각해 읽을 책 한 권을 챙겨갔다. 사실 이름도 없는 우리의 그림을 누가 보러 올까 싶었다.

인사동의 토요일 아침 풍경은 처음이었다. 이른 시간임에도 제법 많은 사람들이 그림을 보러 왔다. 이름이 난 전시회도 아닌데 말이다. 롱패딩을 맞춰 입은 듯한 중학생들이 몰려왔다. 아니, PC방이 아니라 갤러리를 왔다고? 진풍경에 놀라며 그림을 보는 학생들의 모습을 관찰했다. 숙제가 있는 모양이었다. 핸드폰으로 사진을 찍고 작은 수첩에 메모하는 모습이 풋풋했다. 묵직한 카메라를 들고 온 청년은 사진을 찍어대다가 어느 그림 앞에서 오래 머무르다 떠났다.

사람들이 내 그림 앞을 지나갈 때면 가슴이 두근거렸다. 그냥 지나칠까 걱정되기도 했고 오래 들여다보면 실력이 탄로 날까 불안하기도 했다. 자화상을 한 번 보고, 나를 한 번 보며 그림 속 모델을 맞히는 분들도 있었다. 다들 그림을 그냥 보지는 않는 모양이다. 나를 볼 때면, 자화상 속 모습처럼 고개를 돌리며 인사했다. 제가 맞아요.

중절모를 쓴 할아버지가 귤 봉지를 들고 왔다. 까만 봉지 사이로 황금색 귤들이 반짝였다. 살아 있는 정물화였다. 할아버지 손에 들려서 흔들거리던 귤 봉지가 내 그림 앞에 멈췄다. 화병에 담긴 장미를 그린 수채화 그림이었다. 가만히 그림을 보던 할아버지가 귤 봉지를 내려두고 핸드폰으로 사진을 찍었다. 그런 뒷모습을 보면서 나는 온몸이 꼬였다. 달려가서 "제가 그린 그림이에요!"라고 자랑하고 싶었다. 하지만 그의 시간을 방해하지 않고, 조용히 그 뒷모습만을 내 핸드폰에 몰래 담았다. 그 후로 지하철역이나 거리의 전시들을 그냥 지나치지 않았다. 내 그림을 봐주는 사람이 있다는 것은 계속 그릴 힘이 된다.

점심시간이 다 되어갈 때쯤, 분홍색 점퍼를 입은 50대로 보이는 여성이 들어왔다. 입구에 걸려 있던 그림에서 바로 멈추더니 한참을 서 있었다. 파리의 에펠탑을 그린 유화 작품이었다. 누가 그린 그림 인지 몰랐다. 50대 여성이 작품에 대해 질문을 했지만, 유화 작품이 라는 답밖에 할 수가 없었다. 그녀는 작가의 이야기를 듣고 싶다고 했다. 선생님을 통해 그림을 그린 학생과 전화 연결을 해줬다.

그림의 주인은 파리에서 지내던 시절, 해가 지는 저녁에 창밖의 에펠탑을 바라봤을 때의 감정을 담은 그림이라고 했다. 유학을 하며 외로운 시간을 견딜 때였는데, 그날 저녁의 에펠탑이 너무 슬퍼 보 였다고 했다. 작가와 통화를 마친 50대의 여성은 그 자리에서 그림 을 구매했다. 자신의 딸이 지금 파리에서 유학 중인데, 이 그림을 보 면서 딸의 심정이 느껴졌다고 했다. 전화 너머로 딸은 항상 잘 지낸 다고 하지만, 쉽지 않을 거라 했다.

작가는 그림을 통해 감정을 표현하고, 그 기분을 그대로 전달받은 관객은 그림을 통해 위로를 받는다. 그림은 모두에게 위로가 되었 다. 예술의 힘에 놀란 순간이었다. 물론 그림을 사고파는 현장에 더 놀라긴 했다. 이름이 난 작가의 그림이 아닌데도 말이다. 그림이 팔 린다니 더 이상 볼 수 없겠다는 아쉬운 마음이 들어 다시 그림을 감 상했다. 황금빛 석양 속에서 에펠탑이 홀로 반짝이고 있었다.

전시를 하면서 그림 그리는 학생들의 이야기를 알게 되었다. 이미 전시되기 전부터 매일 봐왔던 그림들이라 전시장에서도 한번 훑어

보고 말았다. 사실 내 그림에 정신이 팔리기도 했었다. 도록이 나왔어도 크게 관심이 없었다. 다른 사람들이 왜 그것을 그렸으며, 무엇을 표현하려고 했는지 궁금해하지 않았다. 내가 자화상을 그리고 싶은 이유가 있듯이, 모든 그림에는 이야기가 있었을 텐데 말이다.

그제야 도록을 펼쳐봤다. 도록의 첫 번째 장에는 참가하는 학생 대표로 쓴 글이 실려 있었다. 화실에서 그림을 배운 지 3년 정도 되는 60대 여성의 글이었다. 그녀는 딸아이의 손에 이끌려 화실을 처음 찾았다고 했다. 그녀가 딸아이를 유치원에 데려다주곤 하던 시절, 아이의 모습을 보며 아이의 친구, 꿈, 미래를 그리곤 했다. 그런데 이제는 그 아이가 그때 그녀의 나이가 되어 화실에 가는 엄마를 보며 흐뭇한 미소를 지었다는 내용이었다.

그녀는 60대라는 나이에 열정과 목표 같은 거창한 표현은 못 하겠지만, 요즘은 사는 것이 조금 더 재밌어졌을 뿐이라고 했다. 하고 싶은 이야기가 늘어나고 그리고 싶은 것이 많아졌다고 했다. 내 마음과 같았다. 그림을 그리면서 대단한 변화가 생긴 것은 아니다. 남는 시간에 그림을 그리러 오는 것뿐인데, 하고 싶은 것들이 많아졌다. 일상에 재미가 더해졌다. 그뿐이다.

글은 화실에 자신과 같은 동지들이 있어 힘이 된다는 말로 마무리되었다. 글을 읽고 나서 그녀의 그림 앞으로 갔다. 지중해의 어느 도시를 그린 풍경화였다. 글에도 울림이 있더니, 그림에서도 깊은 무언가가 느껴졌다. 이 그림을 보러 올 딸의 모습을 상상했다. 문득 나도 엄마에게 취미를 찾아줘야겠다는 생각이 들었다.

전시를 마치고 화실을 다시 찾았다. 이젤 앞에 앉은 학생들이 근사하고 가깝게 느껴졌다. 그들에게 다가가 뭘 그리느냐고 묻기 시작했다. 그들의 이야기가 궁금해졌다.

The Cup of Tea, 종이에 수채, 2017.

아침, 캔버스에 유채, 2018.

네 번째 장 ———

세상에서 가장 나다운 이야기

작은 일들이 계속 모여서
위대한 일들이 이뤄진다.

−빈센트 반 고흐

생의 한가운데에 서서

20대에 《생의 한가운데》를 감명 깊게 읽었다. 1950년 루이제 린저가 발표한 소설로, 자신의 의지대로 살아가는 니나 부슈만과 그에 비해 현실에 순응하는 생을 사는 언니, 그리고 니나를 사랑하는 슈타인 박사의 삶이 담긴 내용이다. 내가 특별히 아끼는 고전이다.

소설 속 주인공 니나 부슈만은 삶을 두려움 없이 받아들이고, 의지로 그것을 변화시키고자 하는 신념을 가진 여성이었다. 어려운 일이 생기면 왜 내게 이런 일이 생기냐고 좌절하기보다는, 내가 무엇을 해야 할지에 대해서 고민할 줄 안다. 절망의 순간에도 힘을 내며 자신의 삶을 가꿀 줄 아는 사람이었다.

소설 속 니나의 나이를 기준 삼아 생의 한가운데로 향했다. 그 나이가 되었을 때 나의 모습은 어떨지 기대했다. 니나처럼 매 순간 충실하게 살아가다 인생의 중간점을 맞이하겠다고 다짐했다.

10년이 지나고 니나의 나이가 되었다. '생의 한가운데'에 다다르게 되면 많은 것이 변해 있을 줄 알았다. 하지만 나는 여전히 직장 생활을 하며 매일 보던 친구들을 만나고 있었다. 새로운 사람도 생겼고 사라진 사람도 있었다. 생의 한가운데에 겨우 도착했는데, 별게 없었다. 내 인생에 드라마는 없었다.

의식적으로 그 책을 꺼내어 다시 읽었다. 여전히 니나는 치열했다. 20대에 느꼈던 니나가 치명적인 매력의 인생 선배와 같았다면, 같은 나이대가 되어 다시 본 그녀는 조금은 피곤한 스타일이었다. 오히려 20대 때는 꽉 막혔다고 생각했던 니나의 언니 편에 서게 되었다. 니나의 언니는 안정적이고 평화롭다. 니나의 언니는 말한다.

"애야, 행복이 무슨 말이니. 우리는 평화롭게 살고 있다. 우리는 공통된 취미를 가졌고 함께 한 잡지를 위해서 일하고 있다. 어린애는 없으나 없는 것에 만족하고 있어. 우리는 예쁜 집과 자동차와 몇 마리의 아주 예쁜 셰퍼드를 가지고 있어. 무얼 더 바라야 해?"

오히려 삶을 그대로 받아들이고 있는 것은 니나가 아닌, 그녀의 언니가 아닌가 하는 생각이 들었다. 불꽃 같은 삶을 사는 것만큼 어려운 것이 평범한 삶이다. 삶에 순응하면서 자아를 찾고 만족하며 살아가는 과정도 쉽지 않다. 무엇이든지 균형이 필요한 법이다.

화실에서 만난 사람들은 니나의 언니와 닮았다. 화실 밖에서의 삶은 치열할지 모르나, 캔버스 안에서의 시간은 평화로웠다. 제법 균형 잡힌 삶들이다.

가끔 휴가를 내고 낮에 그림을 그리러 갈 때면 언제나 밝은 미소로 반겨주는 분들이 있다. 바로 낮 시간에 자녀들을 학교에 보내고 그들이 돌아오는 저녁 시간까지 그림을 그리는 주부들이다. 함께 모여 수채화를 그리는 시간은 주부가 아닌 소녀로 돌아오게 한다. 서로가 그린 꽃과 사과를 보면서 어쩜 이렇게 잘 그리냐며 까르르 웃는다. 무슨 재미난 이야기를 하는지 궁금할 정도로 그녀들의 이젤 앞은 꽁냥꽁냥하다. 해가 지기 시작하면, 남편과 아이들이 기다린다며 서둘러 그림을 접는다. 남편이 퇴근길에 데리러 왔다는 말이 어찌나 낭만적이던지. 부러운 눈빛을 보내는 나에게 그녀들은 지금이 좋을 때라며 자신도 집에 가지 않고 계속 남아서 그림을 그리고 싶다고 했다. 그럼에도 화실을 나서는 뒷모습에서 내 것과는 다른 행복이 묻어났다.

한 회사의 대표이자 주부이기도 한 학생은 야무진 그림 솜씨만큼이나 사는 모습도 꽉 차 있다. 집에서는 남편과 드라마를 보며 달달한 시간을 보내는 그녀는, 회사에서는 카리스마 넘치는 사장님으로 변신했다. 그리고 저녁에는 작가의 모습으로 돌아와 각종 공모전과 전시회 준비를 한다. 항상 "바쁘다, 바빠!" 소리를 입에 달고 사신다. 그러면서도 화실에는 빠지지 않고 나온다. 언제 쉬냐고 묻는 우리에게 그녀는 "지금이 휴식하는 중"이라고 답했다.

◈

파란만장하지 않더라도, 좋은 사람들과
좋은 것을 공유하고 느끼는 삶을 살고 싶다.
무얼 더 바라는 삶은 없다.
오늘도 무사한 일상에 감사하다.

니나 부슈만처럼 살지 않아도 되겠다는 생각이 들 때,
그녀는 속삭인다.
"누구든 의욕하기를 그치면 늙어가는 거야."

산책, 캔버스에 유채, 2019.

그림을 그리러 오는 것이 유일한 쉬는 시간이라며, 더 이상 바랄 것이 없다고 했다.

그림이라는 공통된 취미로 모인 우리는 각자 다른 모양의 같은 꿈을 그리고 있다. 하루의 쉼표로 화실을 찾는 직장인도 있고, 부모님의 초상화를 그리는 중년 남성도 있다. 취미로 시작한 그림이 두 번째 직업이 된 분도 있다. 60세가 넘어 그림을 시작한 학생은 이제 작가로서 아트 페어를 준비한다. 언젠가 개인전을 열고 싶다는 나의 꿈도 있다.

파란만장하지 않더라도, 좋은 사람들과 좋은 것을 공유하고 느끼는 삶을 살고 싶다. 아프니까 청춘이라는 20대 시절을 지나, 느려도 괜찮다는 요즘의 추세에 영향을 받았는지도 모르겠다. 무얼 더 바라는 삶은 없다. 오늘도 무사한 일상에 감사하다.

니나처럼 살지 않아도 되겠다는 생각이 들 때, 그녀는 속삭인다.

"누구든 의욕하기를 그치면 늙어가는 거야."

아무래도 그녀를 사랑하지 않을 수 없다.

사람은 나이를 먹어서 늙는 게 아니라 꿈을 잃을 때 늙는다고 말한다. 사람들은 꿈이라고 하면 거창한 무언가를 떠올려야 한다는 듯 말한다. 그래서 때로는 꿈이 없는 것도 스트레스가 된다. 꿈을 꾸지 않아도 괜찮다. 다만 대단한 꿈 리스트 대신, 니나의 말처럼 의욕 정도는 가질 수 있다.

무언가를 하고 싶은 것, 무언가를 갖고 싶은 것, 무언가를 먹고 싶은 것… 내가 원하는 '무언가'가 모여 꿈이 된다. 그림을 그냥 그리고 싶어 해도 되고, 그림을 잘 그리고 싶어 해도 된다. 그림이 아닌 다른 것이어도 괜찮다.

취미나 놀이를 하는 어른들은 늙지 않는다. 대화하고 사고하는 방식이 확실히 다르다. 자신의 과거에 대해 말하지도 강요하지도 않는다. 가장 자신 있던 시절의 모습이 과거에 머무르지 않기 때문이다.

나는 이제 생의 한가운데에 들어왔다. 대단한 일이 있을 것 같았던 미래는, 별다를 것 없는 오늘이었다. 덕분에 삶의 끝자락에 대해 기대를 하지 않게 되었다. 다행히 나이 먹음이 무색하지 않게, 삶이 주는 크고 작은 파도 안에서 헤엄치는 법은 배워둔 듯하다. 니나처럼, 때로는 니나의 언니처럼 방법은 다르지만 그림 그리듯 삶을 가꿀 줄은 알게 되었다.

그날의 가장 잘한 일

마음이 가장 편안히
머무르는 곳

화실은 위험한 공간이다. 시간이 말 그대로 '순삭'된다. 그림을 그리다 문득 고개를 들어 시계를 보면 2시간이 훌쩍 지나 있다. 시간이 지난 만큼 스케치북에는 선들이 가득 차 제법 얼굴 모양이 자리를 잡고 있다.

처음에는 이렇지 않았다. 화실의 시간은 지루할 정도로 느리게 갔다. 새하얀 스케치북을 보고 있으면 머릿속이 하얘졌다. 시작을 어떻게 해야 할지도 몰랐다. 이젤 앞에서 30분 이상 앉아 있는 것이 힘들었다. 선을 몇 번 긋다가 괜히 일어나 뒤로 물러나 그림을 관찰했다.

자주 그랬다. 그림을 그리다 한 번씩 일어나서 전체를 관찰하라는 선생님의 말씀은 이런 뜻이 아닐 텐데. 그러기를 몇 번 더 반복하다

고개를 두리번거리며 선생님을 찾았다. 이젤 앞에 30분 이상 앉아 있는 게 그렇게 힘들 수가 없었다.

문제는 집중력이었다. 그림에 집중하지 못했다. 그리는 내내 스케치북 위로 온갖 상념들이 떠다녔다. 낮에 회사에서 있었던 일들이 꼬리를 물고 있었다. '그 일을 부장님한테 말해야 했나?', '내일 점심 미팅은 어디로 예약하지…', '주말에 괜히 만난다고 했어…' 한참 남은 주말까지 고민할 때 선생님이 그림을 봐주러 왔다. 그제야 스케치북이 눈에 들어왔다.

4년이 지난 지금, 그림을 그리고 있으면 누가 불러도 모를 때가 있다. 작업 중에 자리를 뜨면 흐름이 깨질까 봐 화장실 가는 것을 미루기도 한다. 화실이 끝나는 시간이 되기도 전에 주섬주섬 정리를 하던 내가, 선생님이 "오늘은 그만 그립시다." 하며 마감을 알릴 때까지 그림을 붙잡고 있었다. 이젤 앞에서 몸을 비틀던 때가 언제였나 싶다.

화실에 도착하면 먼저 자리를 찾는다. 항상 앉는 자리가 있었다. 자리는 선착순이라서 매번 같은 자리에 앉기는 힘들다. 전날 앉았던 자리에 다른 사람이 있으면 그 옆 이젤을 차지하면 된다. 유화를 그리는 날은 좀 더 서둘러야 한다. 준비할 것들이 많기 때문이다. 물감과 팔레트, 기름통, 세척통, 휴지를 양팔 가득 안고 정해둔 자리에 세팅한다. 그리고 작업 중인 캔버스를 가져온다. 캔버스를 가지러

가면서 다른 학생들의 작품을 은근하고 재빠르게 스캔했다. 지난번에 왔을 때 못 보던 그림이 있거나 벌써 다 되어가는 그림을 보기라도 하면 화실에 오는 날을 하루 더 늘려야겠다고 각오한다.

그림을 그릴 준비를 마치고 본격적으로 앞치마를 두르고 토시를 양쪽 팔에 꼈다. 필요한 붓을 몇 개 골라잡았다. 붓을 손바닥에 대고 문질거리며 오늘 그려야 할 부분들을 관찰했다. 신중하게 물감을 골라서 조색을 시작했다. 그다음부터의 행동은 기억이 나지 않는다. 그냥 그림을 그렸던 것 같다.

"유미 씨, 오늘 좀 우울해 보이는데?" 옆자리에 앉은 심 소장님의 말에 정신이 들었다.

"네?" 우울한 게 아니라 몰입했던 것이다. 이어나갈 말이 떠오르지 않았다. 하지만 사람들은 말을 하지 않으면, 무슨 일이 있거나 우울하다고 생각한다. 얼른 답을 덧붙였다.

"안 우울한데, 오늘은 이걸 빨리 끝내려고요!" 사실이었다. 오늘 정해놓은 부분을 끝낼 생각이었다.

"소장님, 이거 괜찮아요?" 틈이 생기면, 나보다 실력이 좋은 분들에게 의견을 구했다. 언제나처럼 심 소장님은 "좋아, 하고 싶은 대로 해."라고 기운을 불어넣어 준다.

잠깐의 수다를 뒤로하고 우리는 다시 그림에 몰입했다. 목과 어깨가 아파서 고개를 들었다가, 그림에 빠진 다른 학생들의 모습을 보고는 이내 캔버스에 고개를 묻었다.

얼마쯤 지났을까, 선생님이 밝은 부분을 좀 더 찾아보라며 등 뒤에서 말했다. 나는 기다렸다는 듯이 선생님에게 여기서 어떻게 마무리해야 할지 모르겠다며, 그림을 끝내고 싶은 마음을 은근히 티냈다. 선생님은 빛이 오는 방향을 가리키며, 그 부분에 옐로 오커에 흰색을 좀 타서 올려보라고 했다.

'아, 오늘도 끝내기는 어렵겠구나.'

시간은 벌써 밤 10시를 향했다. 핸드폰을 꺼내 오늘 작업한 그림을 찍었다. 그리고 밀린 연락들을 확인했다. 다시 현실로 'On-Air' 불이 켜졌다. 퇴근하면서 알람을 꺼놓은 핸드폰에 몇 개의 메시지들이 들어와 있었다. 회사 단톡방에는 내일 회의 시간에 해도 될 이야기들이 잔뜩 쌓여 있었다. 마음이 헛헛하다는 친구는 치킨이 먹고 싶다고 했다. 오랜만에 안부를 전한다며, 전 직장에서 일을 잘했던 후배한테도 연락이 와 있었다. 밥 먹었느냐는 엄마의 메시지에 먼저 답을 해나갔다.

3시간 동안 무념무상이었던 머릿속이 깨어나기 시작했다. 그림을 그릴 때는 우뇌가 많이 사용된다고 한다. 황금빛 색으로 가득 찼던 우뇌를 멈추고 쉬고 있던 좌뇌가 다른 일들로 움직이기 시작했다. 생각할 것들이 많았다. 내일 처리해야 할 일들을 정리하고, 새로운 약속도 정해야 한다. 시간 될 때 보자는 약속은 일단 미루고 보자는 의도가 크다. 보고 싶은 사람은 구체적인 일정을 이야기한다. 언제 시간이 괜찮으냐는 전 직장 후배에게 월요일과 목요일 빼고는 다 좋다고 답했다. 그날들은 화실에 가는 날이다. 어느새 그림 그리는 시간이 나의 일정에 포함되어 있었다.

집이 가까워질수록 눈과 어깨가 무거워지기 시작했다. 빨리 씻고 눕고 싶은 생각뿐이다. 아무리 피곤해도 화실에 간 것은 그날의 가장 잘한 일이었다. 적어도 퇴근 후 시간을 잡아먹는 부정적인 생각을 하지 않기 때문이다. 마음이 현재에 있지 않고, 과거나 미래에 머무르면 불안해진다고 한다. 화실의 문을 여는 순간, 내 마음은 캔버스에만 있다.

물론 그렇다고 하루가 온통 그림에 대한 생각뿐인 건 아니다. 그림은 그림을 그리는 시간이면 충분하다. 그림을 그리면서 현재에 머무르는 방법을 익혔다. 그림을 그릴 때는 그림만 생각한다. 업무 중에는 일에만 집중한다. 정시 퇴근을 하기 위해서다. 사람을 만날 때는 그 사람에게만 집중한다. 상대의 이야기에 귀를 기울이고 하고 싶은 말을 신중하게 했다. 그래야만 후회가 없이 다음 일로 넘어갈 수 있다.

하루의 모든 일과가 끝나고 집으로 오면, 진짜 나 혼자만의 시간이 시작된다. 그림을 그리고 온 날에는 누워서도 그 여운이 남는다. 핸드폰으로 찍어 온 그림 사진을 확대해서 한참을 바라보고, 다음 시간에 수정해야 할 것들을 생각해둔다. 그러고는 습관적으로 인스타그램을 훑어본다. 플로리다의 어느 화가는 일주일도 안 되어서 새로운 그림을 올렸다. 튤립을 담은 아크릴화였다. 수채화로 일상을 그리던 작가는 원데이 클래스를 여나 보다. 오늘은 수채화가 아닌 광고를 연이어 올려댔다. 이어서 누군가 발견한 마카롱 맛집, 누군가 떠난 여행에서 건진 인생 사진들이 나오기에 핸드폰을 치웠다.

혼자 있는 시간, 특히 야심한 밤에 이런 것을 보면 정신 건강에 해롭다. 모두가 잘나가는 세상 속에서 주눅 들게 된다. 그럴 필요가 전혀 없는데 말이다. SNS는 보여주기 위한 가상의 공간일 뿐이다. 나대로, 나의 하루를 보여주기 위해 다시 핸드폰을 들고 인스타그램을 열었다. 아직 완성하지도 않은 꽃 그림을 정사각형 프레임 안에 넣었다. 그림이 강조될 수 있게 배경을 자르고 크기를 키웠다. '갬성' 사진에서 보정은 필수다. 전 세계의 아티스트들과 소통하고 싶은 마음에 영어 해시태그도 잊지 않았다. 사진을 설명하는 내용을 채우고 나서야 하루가 끝났다.

오늘 가장 잘한 일.

#myartwork

나는 내가
가장 반갑다

캔버스에 비친 나의 모습과
대화하다 문득

화실에서 만난 사람들 중 가장 반가운 사람은 바로 나다. 그림을 그리면서 잃었던 모습을 되찾기도 했고, 몰랐던 모습을 발견하기도 했다. 텅 빈 캔버스 앞에서 무엇을 그릴지 고민하는 시간은 나를 만나는 시간이다. 내가 무엇을 좋아하고, 어떤 걸 하고 싶어 하는지 만나서 이야기해야 했다. 나에게 묻고 종이에 적어 내려갔다. 그것들을 그리면서 다른 사람들의 눈에 비친 나의 새로운 모습을 보기도 한다.

"어둡고 깊은 색을 잘 쓰니깐, 다음 그림도 그렇게 한 번 더 해봐."

(의도한 색이 아닌데, 어쩌지….)

"유미 씨는 면으로 그리는 스타일이니깐, 그걸 잘 살려봐요."

(내가 면으로 그린다고? 우와!)

"유미 씨는 르누아르라니깐! 인상주의로 가요."

(정말 매일 듣고 싶은 칭찬이다!)

항상 나만의 색깔이 없어서 고민이었다. 그대로 그리는 그림 말고, 나만의 독특한 화풍을 찾는 것이 과제였는데. 알고 보니 나름의 화풍이 있었던 모양이다. 다른 사람 눈을 통해 나를 발견하는 재미가 있었다.

무엇보다 그날의 기분에 집중하는 버릇이 생겼다. 오늘 기분이 어떤지, 그림을 그리고 싶은지 친구와 이야기를 나누고 싶은 날인지, 아니면 혼자서 넷플릭스만 보고 싶은지, 매일 나의 기분을 확인했다. 그림도 기분이 좋은 날 그리면 색이 예쁘게 나온다. 컨디션이 좋지 않은 날에 그림을 그리면 스트레스는 풀리지만 그림이 스트레스를 받아 나 대신 우울해졌다.

캔버스에 비친 나와 대화하는 시간을 통해 잃었던 모습을 찾았다. 몰랐던 모습도 발견했다. 후회하며 보냈던 시간들을 정리하고 위로받는 시간이 되었다. 30년이 훌쩍 넘게 나로 살아왔으면서 정작 나를 제대로 봐주는 시간이 없었다.

그렇다고 나 자신을 모르고 산 것은 아니었다. 적어도 식사 메뉴를 고를 때 아무거나 먹자고 하지는 않았다. 언제라도 내가 먹고 싶은 것, 하고 싶은 것을 알아채고 말할 줄 알았다. 서울에서 학교를 다니고 싶었을 때도, 미국에 가보고 싶었을 때도 혼자서 결정하고 저질렀다. 내가 원하는 것을 알고 행동하는 당찬 20대였다.

30대가 되어서도 원하면 회사를 관두었다. 충전이 필요하면 시간이 얼마가 걸리든 여행길에 올랐다. 나는 내가 하고 싶은 대로 살았다. 그렇지만 언제나 공허했다. 경험을 하면 할수록 인생에 거는 기대가 낮아졌다. 그리고 깨달았다. 멀리 떠나도 달라지지 않는다는 것을.

언제나 문제는 마음이었다.

그림을 배우면서도 일상은 크게 달라지지 않았다. 혼자의 시간에 재미가 더해졌을 뿐이다. 일상은 여전히 쳇바퀴 돌듯 똑같았다. 더 이상 먹고 싶은 것도 없고 하고 싶은 것도 없었다. 친구들과 보내는 시간들도 헛헛했다. 그럴수록 그림을 그리는 시간은 길어졌다.

자화상을 그리는 사람은 외로워서 자신을 그린 거라고 생각한 적이 있다. 고흐의 수많은 자화상을 볼 때면 그의 외로운 시간들이 함께 보였다. 고흐는 의도적으로 자기 외모의 어떤 부분을 강조하여 그리기도 하고 과장하기도 했다. 자신의 모습이 다른 사람들의 눈에 어떻게 비칠지, 보잘것없고 괴팍스럽게 보이지 않을까 동생 테오에게 고민을 털어놓곤 했다. 그런 고흐에게, 괜찮다고 말해주고 싶었다.

우리는 자기 자신을 아는 것이 어려운 일임을 알고 있다. 고흐는 자기 자신을 그리는 것 또한 어려운 일이라고 했다. 자화상을 그림으로써 자신을 이해하고 회복하고 있다고 동생에게 전했다. 고흐에게 자화상이란 일종의 자기 고백과 같은 것이었다.

하지만 나중에 알고 보니 그 시절에는 돈이 없어 모델을 구하기 힘들어 화가들이 자신의 얼굴을 그린 것이라고 했다. 고흐 역시 그런 현실적인 이유가 더 컸다고 한다. 사람들은 자신이 보고 싶은 대로 생각한다더니, 내가 그 모양이었다.

나는 외로울 때 자화상을 그렸다. 그동안 세 번의 자화상을 그렸다. 연필과 목탄으로 현재의 모습을 그렸다. 수채화로는 어릴 적 내 모습을 적셔 냈다.

연필로 그린 자화상은 동생과 여행을 하면서 들른 로마의 어느 카페에서 커피 잔을 들고 활짝 웃는 모습이었다. 괴테의 단골 카페에 왔다며 감격해하는 모습을 동생이 포착한 것이다. 동생은 나에게서 예쁜 표정이 나올 때를 잘 안다. 동생이 찍어준 사진 속의 나는 대개 괜찮았다. 이번 사진은 순간을 담은 것이라 약간의 흔들림이 있었다. 그리기가 쉽지 않았다. 고개를 숙이고 있는 자세라 더 힘들었다. 내 얼굴인데도 형태를 바로 잡지 못했다.

오래 보아온 사람은 그리기가 쉬웠다. 동생을 그릴 때도 단숨에 형태를 잡고 묘사 단계로 넘어갔었다. 정작 내 얼굴은 그러질 못하니 당황스러웠다. 결국 선생님의 도움을 받았다. 선생님은 구도가 그동안 그리던 것과 달라서 힘든 거라며 위로해줬다. 선생님의 손을 빌려 완성한 자화상은 다시 추억이 되었다.

제대로 된 자화상 작업은 목탄화였다. 첫 번째 동행전을 준비할 때 자화상을 그리겠다고 했다. 자신의 얼굴을 그린다는 게 쉽지 않

◈
◆

꽤 괜찮은 모습이었다.
문득 내가 참 잘 살고 있다는 생각이 들었다.
괜히 코끝이 시큰해졌다.

나를 그리는 시간은 나의 마음을 어루만지기에 충분했다.
목탄으로 완성된 자화상은 그렇게 위로가 되었다.

자화상, 캔버스에 목탄, 2015.

은 일인데, 다들 나의 용기에 놀란 눈치였다.

그림 실력이 아니라, 얼굴에 자신이 있는 것으로 오해하는 듯했다. 나의 얼굴은 예쁘장하지도, 그렇다고 개성이 있지도 않다. 너무 평범한 나머지 자칫 그림이 밋밋해지지 않을까 걱정이 되었다.

하지만 그림 그릴 때 자신의 얼굴만큼 가장 좋은 모델은 없다. 자신만큼 마음 편히 그릴 수 있는 대상도 없다. 다른 사람의 초상이라면 닮지 않았다고 혹은 실물보다 못하다고 원망을 들을 수 있을 테지만, 내 얼굴은 마음대로 그려도 되었다. 잘생기게 그려야 한다는 부담에서 벗어날 수 있어 좋았다.

준비한 사진은 고개를 돌려 정면을 응시하는 전형적인 초상화의 모습이었다. 매일 거울을 통해 보는 얼굴인데도, 사진 속의 나는 타인처럼 낯설었다. 그려나가면서도 나의 생김이 어찌나 어색한지 거울을 꺼내 자꾸만 실물을 확인했다.

본격적인 묘사를 시작하면서 얼굴에서 강조할 부분을 찾아야 했다. 다 표현해버리면 그림이 재미없어지기 때문이다. 내 얼굴에서 특징적인 부분이 무엇인지 생각했다. 셀카 사진에서 꼭 보정해야 하는 넓고 강한 턱? 두툼해서 엄마가 밉다고 하는 입술? 강력한 후보들을 제치고 눈을 강조하기로 했다. 자화상이니깐 내 마음대로 정했다. 사진보다 살짝 눈을 키워 그리면서 눈동자를 묘사했다. 목탄이 스치며 깊어지는 눈동자에는 그림을 그리는 내가 눈부처가 되어 보였다. 다른 사람의 시선이 아닌, 온전히 내가 나에게 주는 시선이었다. 꽤 괜찮은 모습이었다. 문득 내가 참 잘 살고 있다는 생각이 들었다. 괜히 코끝이 시큰해졌다. 나를 그리는 시간은 나의 마음을 어루만지기에 충분했다. 목탄으로 완성된 자화상은 그렇게 위로가 되었다.

고갱이 고흐에게 초상화를 그려 선물한 일화가 있다. 둘의 사이를 악화시키는 데 한몫한 바로 그 그림, 〈해바라기 그리는 고흐〉이다. 이때 고흐는 자신의 눈빛이 마음에 들지 않는다고 못마땅했다고 한다. 이건 팬심을 버리고 보더라도 고흐의 편에 서게 된다. 작고 초점이 없는 눈빛이 전혀 고흐스럽지 않았다. 눈을 감는 찰나에 찍힌 사진 같았다. 나라도 서운했을 일이다. 아무리 고갱이 그려준 그림이라 해도 말이다. 정말 눈빛이 그러했다고 해도 남의 초상화는 사실적으로 그리면 안 된다는 것을 고갱은 몰랐던 걸까. 남을 그려줄 때는 가능한 한 실물보다 예쁘게 그려줘야 한다. 르누아르처럼 말이다. 그래야 모델의 기분이 상하지 않는다. 고갱은 고흐의 기분은 신경 쓰지 않은 듯했다. 어찌됐든 고흐는 곧바로 화를 내는 대신 형형한 눈매를 가진 자신의 모습으로 자화상을 그렸다고 한다. 다른 사람의 시선을 걱정하던 고흐의 또 다른 면이었다. 언제 어디서나 내 자신이 되고 싶으면, 그런 나를 그려내면 된다. 고흐처럼. 이것이 자화상이 가진 힘이다.

마흔이 되기 전에 다시 한번 자화상을 그리고 싶다. 나의 30대는 치열했다. 무언가를 찾기 위해 무던히도 애쓴 시간이었다. 잃었던 열정과 사랑과 현실적인 삶에 대한 욕구를 채우기 위해. 남들과 비교하고 나를 원망했다. 그러던 중에 취미를 찾았다. 그림을 배우면서 나를 다시 만났다. 그리고 글을 쓰게 되었다. 취미가 하나 생기니 두 번째, 세 번째는 일도 아니다. 즐거운 일을 계속해서 찾고 싶다. 돌아오는 생일에는 나를 위한 선물로 적당한 크기의 캔버스를 살 생각이다. 30대의 마지막 자화상을 위하여.

시간을 대하는 태도

뭔가를 하기에
부족한 시간은 없다

약속 시간까지 1시간이 조금 안 되게 남았다. 괜히 서둘러 준비했다는 후회가 밀려왔다. 30분은 더 잘 수 있었는데…. 아쉬운 마음을 품은 채 길을 나섰다. 뭉그적거리며 근처를 배회했다. 카페에 들어가 핸드폰을 보며 마냥 시간을 죽였다. 무언가를 하기엔 모호한 시간이었다.

회사에서의 점심시간도 그렇다. 구내식당에서 식사를 마치고 나면 30분 정도가 남는다. 남는 시간에는 동료들과 커피 한 잔 마시거나 회사 근처를 산책했다. 피곤한 날이면 바로 자리로 돌아갔다. 그마저도 핸드폰을 하거나 졸다가 보냈다.

특히나 퇴근이 늦은 밤엔 무언가를 할 수가 없다. 저녁 약속도 날아가버리고, 다른 것을 하기에는 피곤하니 침대에 눕고 싶은 생각뿐

이다. 화실에 가지 않는 날이면 퇴근하고 잠들 때까지 6시간 정도가
남는다. 새로운 하루를 시작할 수 있는 시간이다. 어쩌다 야근이라
도 한 날이면 하루를 회사에 다 뺏긴 것만 같아 억울했다. '나는 일
만 하는 사람이 아니야!'라는 마음을 품고 화실로 향해보지만, 1시
간 뒤면 화실도 곧 문을 닫을 시간. 아직은 환한 화실의 불빛을 그대
로 지나쳐 집으로 발걸음을 옮겼다.

　요즘 화실에 왜 안 오냐는 선생님의 전화를 받았다. 일이 늦게 끝
나서 못 갔다고 했다. 야근하는 나를 가엾게 봐주시리라 생각했다.
직장인의 삶은 그 자체가 좋은 핑계가 될 수 있다. 그림으로 생활하
는 선생님은 야근의 무게를 모르시는지, 그럼 1시간이라도 그리고
가라고 했다. 집도 가까우니 잠깐이라도 그리고 가라는 것이다.

　사실 피곤한 것은 괜찮다. 직장 생활이 하루 이틀도 아니고, 거기
다 체력도 아직은 좋은 편이다. 무엇보다 화실에 가면 기분 전환이
된다. 선생님의 유쾌한 인사를 들으면 회사 생각이 말끔히 사라진
다. 그림을 그리면서 하루를 마감하는 것만큼 우아한 일상이 또 어
디 있을까. 문제는 시간이다. 1시간도 안 되는 시간에 가서 뭘 그릴
수나 있을까 싶었다. 하지만 선생님의 관심에 감사한 마음이 들어,
다음 날 야근을 하고도 화실을 찾았다. 늦은 만큼 서둘러 연필과 스
케치북을 챙겨서 자리에 앉았다.

　그런데 웬걸. 그릴 수 있는 시간이 짧으니 금방 몰입하게 되었다.

몇 시간을 잡고 있어야 나오던 얼굴의 모양이 1시간도 안 되어 윤곽을 드러냈다. 화실에 도착해 차 한 잔을 마시고 무엇을 그릴까 고민하며 배회하는 시간을 줄이니, 좀 더 그릴 수 있는 시간이 생겼다. 그림 소재는 화실에 오기 전에 미리 생각해두면 되었다. 밤이 깊어가는 화실에는 학생들도 거의 빠지고 없었다. 선생님도 본격적으로 자기 작업에 집중하기 시작했다. 화실의 밤은 또 다른 매력이 있었다.

주중에는 주로 연필 드로잉을 연습했다. 선생님은 그 모습을 볼 때마다 유화는 언제 그릴 거냐고 물었다. 퇴근하고 오면 시간이 짧아서 유화를 그리기 부담스럽다고 했다. "1시간이라도 그려야지." 선생님의 말씀에는 출구가 없다.

그래서 퇴근하고 와서도 유화를 그리기 시작했다. 막상 그려보니 3시간으로도 충분했다. 유화를 준비하는 시간을 재보니 정작 10분도 안 걸렸다. 마무리하려고 물감을 정리하고 붓을 씻는 시간도 10분이면 되었다. 시간이 오래 걸려서가 아니라, 귀찮았던 것이다. 막상 해보면 별것도 아닌데 말이다.

점심시간의 남은 30분도 뭔가 할 수 있겠다는 생각이 들었다. 책을 읽기 시작했다. 양치질을 하고 자리에 앉아 책장을 펼쳤다. 못해도 30~40페이지 정도는 읽을 수 있었다. 다섯 번의 점심시간을 보내니 책 한 권은 거의 다 읽을 수 있었다. 못다 읽은 페이지는 주말을 이용해 마저 읽었다. 키보드 소리마저 사라진 사무실은 집중하기도 좋았다. 시간에 쫓겨서 책장 넘기기 바쁠 줄 알았는데, 적은 분량이라도 제대로 읽겠다고 마음먹으니 한자리에서 책 한 권을 다 읽는 것보다 집중과 기억에 도움이 되었다. 무엇보다 책상에서 읽으니 메모하기도 편했다.

시간은 생각하는 것보다 길었다. 늦잠으로 날리곤 했던 주말 아침은, 30분만 일찍 일어나면 장미꽃 한 송이를 그릴 수 있는 시간이었다. 약속을 앞두고 남은 시간은 친구를 기다리며 펜 드로잉을 할 수 있었다. 잠들기 싫어 TV 채널만 무한정 돌리다 보내버린 시간에는 미리 찜해둔 영화를 틀었다. 그냥 흘려보내던 시간이 좋아하는 것들로 채워졌다.

부산 집에 갈 때는 황금연휴가 있는 주말을 이용하거나 주말에 연차를 붙여서 다녀왔다. 토요일과 일요일만으로는 부산에 가는 것이 아까웠다. 하지만 시간을 길게 쓰는 것보다 그 시간을 어떻게 쓰는지도 중요하다. 부산 집에 가지 않더라도 주말엔 그 정도 돈과 시간을 먹고 노는 데 쓰고 있었다. 2시간 30분 동안 기차 안에서 책을 읽거나 영화 한 편을 볼 수 있었다.

30분의 상대성을 경험하면서 만남에도 좋은 변화가 생겼다. 예전에는 친구를 만나더라도 시간이 충분할 때 약속을 잡았다. 한두 시간만 보기에는 만남이 아쉬웠다. 그러다 보니 오히려 만나는 횟수가 줄었다. 어른이 될수록 충분한 시간을 만드는 일이 쉽지가 않다. 보고 싶은 사람은 그냥 봐야 한다. 매일 핸드폰으로 만난다고 해도 얼굴을 마주하고 눈을 보며 안부를 전하는 시간이 필요하다. 1시간이라도 괜찮다.

한 달에 한두 번씩은 토요일 오전에 화실에 가서 그림을 그린다. 오전 11시부터 오후 7시까지, 하루를 꽉 채운 시간이다. 커피를 마시고 화실의 동료들과 점심도 먹는다. 그림에 관해 이야기도 하고 간식도 나눠 먹는 여유로운 시간이다. 매일 일과가 이랬으면 좋겠다고 소원한다.

토요일의 그림 일지를 점검하다 보면, 퇴근하고 3시간 정도 그렸던 작업과 진도가 크게 차이 나지 않을 때도 있었다. 8시간 근무하는 것보다 4시간 근무하는 것이 업무 효율을 높여준다는 기사를 본 적이 있는데, 그림도 마찬가지인 걸까? 그렇다고 토요일의 시간을 잃고 싶지 않았다. 취미 생활을 항상 전투적으로 할 수는 없다. 그림을 그리며 보내는 게으른 시간이야말로 취미 생활 본연의 임무이다.

무엇을 하기에 시간이 없다는 것은 이유가 되지 않는다. 보통 시간이 없다는 것은, 무언가를 하고 누군가 만나기에는 충분한 시간이 없음을 말한다. 사실 30분도 충분하다. 1시간이라면 더할 나위 없다. 다만 그것을 지속적으로 해내는 힘이 필요하다. 어렵지 않다. 반복하면 된다.

매일 3시간 혹은 1시간씩 그림을 그렸다. 벌써 4년이란 시간이 지났다. 물론 그림을 그리지 않은 날들도 있었지만 잠시 쉬어 가는 날이었을 뿐이다. 화실에 가지 못하는 날에도 늘 그림을 생각했다. 일상이 바빠서 화실에 들르지 못하는 날에는 노트에 선을 그었다. 꾸준히 선을 긋다 보니 면을 그릴 줄 알게 되었고, 지금은 색을 칠하고 있다.

지속해서 한다는 것은 힘들지만 오히려 그 자체로 힘이 되기도 했다. 무엇보다 시간을 다스리는 힘이 생겼다. 아무 일도 하지 않는 시간에는 정말 아무것도 하지 않고 시간을 보냈다. 멍하니 창밖을 내다본다거나 산책을 했다. 아무 일도 하지 않는 시간에는 사색의 아름다움이 있었다. 혼자서 아무것도 하지 않고 있을 때 생각이란 것을 하게 된다. 그것은 영감이 되고 그림이 되었다. 삶을 이야기하게 해주었다.

오늘을 나를 위해 살기 시작하니 놀라울 정도로 많은 시간이 생겼다. 그 시간을 채워준 것은 그림이다. 내가 내 자신이 되어 나를 쓰는 시간이었다. 그 시간만큼은 나를 현재에 살게 했다.

내 그림의
주인 되기

사인하기가 이렇게 어려울 줄이야!

그림을 다 그렸다 싶으면 선생님에게 검사를 받는다. 이제는 어디를 손대야 할지 모르겠고 할 만큼 했으니 그만하고 싶다는 눈빛을 보냈다. 대미를 장식할 선생님의 붓 터치도 내심 기대했다. 무정한 선생님은 그림에서 가장 밝은 부분을 더 밝게 해보라고 했다. 연필화는 지우개로 덜어내고, 유화는 채도가 높은 물감을 더하면 된다. 반대로 어두운 부분을 더 강하게 찾아주라고도 했다. 아직 끝낼 때가 아니라는 소리다. 나 같은 경우에는 연필화든 유화든 워낙 오래 붙잡고 있어, 선생님이 먼저 그만하라고 할 때가 많다. 정말 그래도 되냐며 그림을 들이대면 선생님은 빛을 가장 많이 받는 부분을 가리키며 한 단계 밝은색을 올려보라고 한다. 그림엔 끝이 없다.

"사인하세요."

이 말은 진짜 그만해도 된다는 선생님의 사인이다. 드디어 끝났다는 안도와 함께 정말 이대로 마무리해도 되나 싶다. 질릴 만큼 그렸기에, 아니 최선을 다했기에 정말이냐고 되묻지 않는다. 선생님도 학생도 끝내야 할 때를 안다.

마지막으로 그림에 서명을 함으로써 비로소 그림이 완성된다. 그린 이는 완성작에 이름을 새겨, 자신의 작품임을 표시한다. 화가의 그림에는 그들의 서명이 있다. 보통 캔버스 하단 모서리 부분에 한다. 그림 속에 서명이 있기도 하고, 요즘에는 캔버스 옆면에 서명하는 것이 유행이다. 유명 화가의 서명은 그 자체가 작품이 되기도 한다. 실제 유명 화가의 서명은 저작권법상 보호 대상이라는 대법원 판결이 있다. 피카소의 서명이 그렇다.

처음 그림에 서명을 한 것은 연필 그림이었다. 사인하라는 선생님의 말씀에 당황했다. 이런 작고 어설픈 그림에도 서명을 하는 것이 오글거렸다. 작품은 크기와 상관이 없다며, 선생님은 진지하게 서명의 위치와 크기까지 알려줬다. 그림에 첫 서명이라니 괜히 긴장되었다. 어떻게 이름을 넣을까 잠시 고민하다, 이내 한글로 이름을 적어 넣었다. 평소 쓰는 사인은 있었지만, 그림에는 이름을 알아보기 쉽게 적고 싶었다. 누가 봐도 '김유미'라고 읽을 수 있게 적었다. 선생님은 그림의 서명을 보더니 이게 뭐냐고 놀란 말투로 물었다. 서명 때문에 그림이 유치해 보인다고, 살짝 화를 낸 것도 같았다.

다른 서명을 만들라고 했다. 한글보다 영문으로 해보라고 권했다. 선생님이 이렇게 서명에 집착하는 줄은 몰랐다. 어쨌거나 영문으로 만든 사인이 하나 있기는 했다. 고등학생 때 친구들과 사인을 만든 적이 있었다. 연예인 사인처럼 크게 곡선을 그려 스마일 마크를 넣기도 하고 그랬다. 그때 만든 유치한 사인은 좀 더 어른스럽게 다듬어 지금까지 잘 쓰고 있다. 근로 계약서나 전세 계약서에 도장 대신 사용했다. 내 인생의 굵직한 계약에는 모두 사용되었다. 신용카드 뒷면에도 네임펜으로 굵게 해뒀다. 그 사인을 스케치북에다 크게 그려서 선생님에게 보여줬다. 선생님은 서명에 까다로웠다. 다른 모양으로 3개 정도 더 만들어 오라고 했다. 서명도 작품이라고 강조했다. 작품에다 카드 뒷면에 하는 사인을 하는 작가가 어디 있냐고, 다시 화를 내는 듯했다. 선생님은 우리를 대단한 화가처럼 생각한다.

쓰던 사인을 다듬어 여러 가지 모양으로 검사를 받았다. y에서 i 까지 부드럽게 이어지는 필기체에 오케이 사인을 받았다. 앞으로는 미술관에서 그림만 보지 말고 작가의 서명도 함께 감상하라며. 멋진 그림은 분명 사인도 멋지다며. 서명에 정성이 담기지 않으면, 잘 그린 그림도 힘을 잃게 된다는 것이다. 서명은 그림을 완성하는 마지막 퍼즐이었다.

유명 화가의 서명은 그들 그림과 닮아 있었다. 헤르만 헤세는 성과 이름의 H를 대문자로 강조한 필기체였다. 소박하고 따뜻한 수채화보다 그의 문학 작품을 닮은 느낌의 서명이었다. 성과 이름 전체를 다 쓰기도 하고, 'H. Hesse' 혹은 'H. H.'로 성 또는 이름을 함께 생략하기도 했다. 나는 이니셜이 나란히 들어간 헤세의 서명을 좋아한다. 헤르만 헤세의 전시회를 보는 내내 그의 서명을 찾는 재미가 있었다. 그림을 완성하고 서명을 하는 순간의 그가 보고 싶어졌다.

제주도에 있는 이중섭 미술관에 세 번째 방문했을 때는 제대로 보지 않았던 그의 서명을 찾아가며 작품을 감상했다. 그의 모든 그림에는 이름의 자음과 모음이 나란하게 춤추듯 있었다. 눈을 감은 동그란 얼굴도 그려져 있었다. 사랑이 넘치는 화가 이중섭의 따뜻한 손끝이 느껴졌다.

화가의 서명은 모서리 하단에만 있지 않았다. 캔버스 구석구석 서명을 찾아보는 재미가 생겼다. 고흐는 해바라기 화병에 'Vincent'라고 서명을 했다. '빈센트'라는 브랜드의 화병이 되었다. 어느 명품보다 값비싸 보였다. 서명에도 다채로운 색이 사용되었다. 피카소는 초록색으로, 고흐는 진한 금색으로 서명했다. 서명은 그림 속의 그림이었다.

서명에 욕심이 나기 시작했다. 나만의 것이 필요했다. 허투루 흘려 쓰지 않아 이름은 알아볼 수 있지만, 휘갈겨진 느낌이 부드러운 파도와 같아 이름 두 자가 그림 속에서 넘실대면 좋겠다고 생각했다.

그러기엔 나는 손글씨에 자신이 없었다. 글씨체가 깔끔하고 반듯하지 않다. 글을 쓸 때 손가락에 힘을 많이 주는 바람에 중지에는 연필이 눌린 자국처럼 기다란 굳은살이 박여 있다. 그만큼 손에 힘을 주고 꾹꾹 눌러 썼다. 정성을 다해 쓰지만, 진지해 보이지 않는 게 문제였다. 대학에서는 서술형 시험 때 글씨를 알아보기 힘들다는 이유로 점수를 낮게 받은 적도 있었다.

악필 때문에 낮은 학점을 받았으나, 악필 때문에 내 그림이 낮게 평가받는 건 싫었다. 서명 연습을 하려면 그림을 많이 그려야 했다. 다시 그림 그리기에 집중했다. 연필 드로잉은 매일 그릴 수 있었으므로 사인도 자주 할 수 있었다. 덕분에 서명은 능숙해졌다. 자연스럽게 서명의 모양이 다듬어졌다. 서명의 위치도 선생님에게 묻지 않고 스스로 찾았다. 그림을 해치지 않는 위치에 서명을 새겨 넣었다. 인물 어깨선을 따라 흘려보기도 하고 긴 머리카락 속에 흘려보기도 했다.

문제는 붓을 사용하는 그림이었다. 수채화와 유화는 붓으로 서명을 해야 한다. 단, 수채화는 한 번 실수하면 되돌릴 수가 없다. 연필은 지우개로 지우면 되고, 유화는 오일로 닦아내면 된다. 물론 수정하지 않는 것이 가장 좋다. 그럴 수 없다는 것이 슬픈 현실이다. 수채화에 서명하기 전에는 다른 스케치북에 열 번 넘게 연습을 하고 도전했다. 사인의 위치와 크기도 선생님에게 다시 상의하기 시작했다. 가는 붓으로 사인을 하고 얼른 물을 이용해 사인의 선에다 그러데이션 효과를 내보기도 했다. 사인에도 수채화의 물맛이 나기 시작했다.

둥글고 힘 있게 새겨진 서명 덕분에
그림이 주인을 잃을 일은 없다.
내 그림에도 힘이 생겼다.

그림의 주인이 되면서부터
나는 그림을 통해 내 이야기에 귀 기울이고
인생을 즐겁게 여기게 되었다.

일요일, 캔버스에 유채, 2019.

유화 그림에 서명하기는 아직도 힘들다. 세필 붓을 잡고 꾸덕꾸덕한 물감을 이끌고 필기체를 쓰는 것은 생각만큼 어려웠다. 물감이 거칠게 나오거나 끊기기 마련이었다. 색도 중요했다. 무조건 어두운색으로 하기보다는 꽃 속의 진한 보라색을 쓰기도 하고 책 표지의 바랜 갈색을 사용하기도 했다. 사인 색은 조색만큼 어렵고 중요했다.

몇 번의 실패를 거치면서 방법을 터득했다. 서명을 손글씨로 적으려고 하지 않고, 그리기 시작했다. 그림이라 생각하니 쉬웠다. 그림에 어울리는 색을 골라서 세필로 조심스럽게 색을 채워나갔다. 색을 칠할 때의 붓은 부드러웠다. 끊기지도 않고 붓을 따라 물감이 따라왔다. 작은 리듬이 생겼다. y에서 i까지 부드러운 곡선으로 연결되면서 리듬을 타기 시작했다. 영어로 쓴 'yumi'라는 이름이 둥글둥글 빠르게 새겨졌다.

사인을 함으로써 비로소 작품이 완성되었다. 견출지에 이름을 써서 내 것임을 표시하는 것과는 차원이 달랐다. 그림을 그린 사람으로서 책임감이 생겼다. 더 이상 '잘 못 그렸어요.'나 '그냥 그렸어요.'라고 하기엔 그림에 새겨 놓은 이름의 무게가 컸다. 그림의 주인이라면 누구보다도 자신의 그림을 사랑하고 이야기할 수 있어야 한다. 삶에서도 마찬가지다.

서명이 들어간 그림이 하나둘씩 늘고 있다. 아직은 독특한 화풍이 없어 그림만 봤을 때 누구의 그림인 줄 모른다. 하지만 둥글고 힘 있게 새겨진 서명 덕분에 그림이 주인을 잃을 일은 없다. 내 그림에도 힘이 생겼다. 그림의 주인이 되면서부터 나는 그림을 통해 내 이야기에 귀 기울이고 인생을 즐겁게 여기게 되었다. 더 아름답게 살아가겠다고 마음먹었다.

그럼에도
취미는 사랑

삶의 기쁨을 발견하는
거의 유일한 방법

그동안 취미가 없었던 것은 아니다. '이것이 취미예요.'라고 정해놓지 않았어도, 항상 무언가를 하고 있었다. 독서가 취미라고 하기엔 뻔하지만, 그래도 취미가 독서다. 책을 읽고, 책을 사는 것을 좋아한다. 방 안에 책이 쌓일 때 쓸데없는 안락함과 성취감이 생긴다. 중고 서점에서 읽고 싶은 책을 찾아다니는 것 또한 취미라면 취미. 읽고 싶은 책이 부산의 중고 서점에 있다면 부산 친구에게 구매 대행을 부탁했다.

운동도 꾸준히 하는 편이다. 운동을 좋아하는 것은 절대 아니다. 다이어트 때문이다. 뭔가를 하면 오래 하는 편이 아닌데, 수영은 꽤 오래 했다. 1년 정도 배운 뒤에는 혼자서 자유 수영을 즐기기도 했다. 자전거 타는 것도 좋아한다. 최근에는 테니스를 배웠다. 다이어트 때문에 시작했지만, 재미를 느껴서 오래 했던 활동들이다. 악기 하나 다룰 줄은 알아야 한다며 친구와 피아노를 배운 적도 있다. 뭔가를 배울 때 재미를 못 붙이면 한 달도 안 되어 그만뒀다. 영어학원이 그랬고 피아노가 그랬다. 등록하고 3번 이상을 나가지 못했다.

그림을 배우는 것도 3개월 정도 예상했다. 길면 6개월이라 생각했다. 그런데 벌써 5년이란 시간이 다 되어간다.

희한하게 그림은 질리지가 않았다. 중독될 정도로 재밌거나 스트레스가 풀리는 취미가 아님은 분명했다. 그림을 그릴수록 욕심이 생기고 머리를 아프게 했다. 그림이 주는 즐거움도 있지만, 그에 따르는 고통도 만만치 않았다. 그런데도 그림을 계속 그리게 되는 힘을 아직도 잘 모르겠다.

확실한 것은 4년 넘게 매일 한두 시간 혹은 매주 이삼 일은 빠지지 않고 꼬박꼬박 무언가를 했더니, 변화가 생겼다는 것이다. 미술계의 떠오른 샛별이 되었거나 취미가 직업이 된 뉴스 속의 일은 일어나지 않았다. 대신 일상의 좋은 습관을 지니게 되었다. 무엇보다 다른 취미가 생겼다.

작년 여름부터 요가를 시작했다. 살을 빼는 것보다 자세와 체력이 걱정이었다. 목과 어깨가 굽고 허리가 자주 아팠다. 직장인의 고질병이다. 30대가 되니 체력이 확실히 떨어지는 것을 느꼈다. 출근 전에 요가를 배우기로 했다. 아침잠이 많은 나로서는 커다란 결심이었다. 퇴근 후에 배워도 되지만, 퇴근 후에는 다른 일이 생길 수가 있었다. 무엇보다 그림을 그리러 가야 했다. 아무도 방해하지 않는, 오롯한 개인의 시간은 아침 시간뿐이었다. 1시간만 부지런하면 되는 일이었다. 일주일에 세 번만 나가면 되니 해볼 만했다. 처음 몇 주간은 출석 자체가 어려웠다. 새벽마다 거의 울다시피 하며 일어났다.

몸은 엉망진창이었다. 20대에도 요가를 배운 적이 있었는데 그때는 자세를 제대로 익히지 않아도 엎드린 채로 팔을 뒤로 넘겨 다리를 잡을 수 있었다. 몸이 이렇게까지는 후들거리진 않았는데…. 몸이 말을 듣지 않자 당황스러웠다. 어깨에 힘을 빼라는 소리를 매일 듣다시피 했다. 겨우 어깨에 힘을 풀고 나면 이제는 다리에 힘을 주라고 했다. 다리에 힘을 주니 다시 승모근이 긴장하며 솟아올랐다. 나만큼 요가강사도 답답했을 거다. 나보다 체구가 한참 작은 강사는 최선을 다해 나를 이끌어줬다. 허리를 눌러주고 팔을 당겨주었다. 수업이 끝나면 항상 수고했다는 인사로 마무리를 하는데, 진심을 다해 인사했다. 내 근육들을 대신해서 밀고 당겨주는 요가 강사에게 늘 미안한 마음이었다.

3개월이 지나니 눈은 알아서 떠졌다. 드디어 습관이 된 것이다. 아직 몸은 말을 안 듣지만, 처음보다는 나아졌다. 요가를 가는 요일의 아침이 기다려졌다. 몸이 점점 반듯해지는 것이 느껴졌다. 요가 강사도 서 있는 자세가 달라졌다고 놀라워했다. 제법 복근의 힘이 생겼다고 칭찬했다.

일주일에 3시간도 채 안 되는 시간이지만, 내 몸을 위해 시간을 쓰고 있다. 몸에 관심을 갖게 되면서 음식도 신경 썼다. 전날 밤, 요가복을 챙기면서 당근을 잘라 지퍼백에 넣었다. 여전히 탄수화물을 사랑하지만, 운동한 아침에는 가능하면 과일과 채소를 챙겨 먹으려고 했다. 요가 학원 시간표에는 이런 문구가 적혀 있다.

'헌신하라, 몸의 변화는 하룻밤 사이에 일어나지 않는다.'

예전 같으면 단순한 홍보 문구라며 예사로 넘겼을 테지만, 이제는 믿는다. 사실이었다.

작은 일들이 모여 점점 이뤄지는 것을 직접 경험하면서, 작은 취미들을 하나씩 만들어갔다. 요가를 하고 회사에 도착하면 근무시간까지 30분 정도의 시간이 남았다. 그 시간을 이용해 글쓰기를 시작했다. 재미난 일이 생길 것 같았다. 자리에 앉자마자 컴퓨터를 켜고 한글 파일을 열기까지 난관이 많았다. 따뜻한 차도 한 잔 준비해야 하고 인터넷 뉴스도 봐야 했다. 나도 모르게 인터넷 서핑을 하다 보면 어느새 사무실에선 아침 인사가 시작됐다. 처음엔 그러기를 반복했지만 조금씩 불필요한 일들을 줄이다 보니 어느새 자리에 앉자마자 글을 쓰는 나를 발견했다. 이 역시 한 달은 걸린 일이었다.

매일 아침 글 쓰는 습관이 생기니, 주말에도 그 시간이면 글을 써야만 할 것 같았다. 오랫동안 하지 않았던 블로그를 열었다. 일요일 아침 글쓰기를 시작했다. 주제도 없고 형식도 없는 글이다. 아침 글쓰기지만, 분량을 채우기 위해 오후가 되어도 계속 글을 썼다. 주말에 글을 쓴다는 행위 자체가 나에겐 놀라웠다. 지금은 언젠가 동네친구들과 모여 글 쓰는 일요일 아침을 상상해본다. 혼자 하는 것보다 함께할 때 지속할 수 있는 힘이 생긴다.

글쓰기 실력도 키울 겸 필사를 해보기로 했다. 책을 읽다 마음에 드는 구절을 메모하고, 매일 시를 한 편씩 쓰기로 했다. 가장 좋아하는 작가라면서 헤르만 헤세의 시집을 사놓고선, 제대로 거들떠보지도 않았다. 헤세의 시집을 시작으로 매일 밤 연필 소리를 들으며 한 편씩 옮겨 적고 낭독했다. 10분도 안 걸리는 시간이었다. 하루를 마감하는 낭만적인 취미가 생겼다.

토요일과 일요일의 사이는 이대로 잠들기가 아쉽다. 졸린 눈을 비비면서 최대한 잠들지 않을 때까지 버틴다. 모두와 단절된 그 시간에 잠도 쫓고 적적함을 달랠 수 있는 것은 영화 감상이다. '무비 나이트'라고 이름 붙였다. 사실 무비 나이트는 어느 요일의 밤이어도 괜찮다. 아무도 만나기는 싫고, 잠들기는 아쉬운 밤이면 나만의 영화가 상영된다. 영화의 장면들은 그림의 좋은 소재가 되었다. 그림을 취미로 삼으니 흔한 일상들에 의미가 생겼다.

"사랑해야 한다."

좋아하는 책의 마지막 문장이다. 고전을 읽는 독서 모임에 나간지도 벌써 1년이 지났다. 한 달에 한 번씩 한 권의 고전을 읽고 의견을 나누는 모임이었다. 그전에는 혼자서 책을 읽다가 이해가 어려운 부분은 인터넷 검색으로 해소했다. 하지만 인터넷 속의 후기들은 이해와 공감에 한계가 있었다. 나와 같은 책을 읽는 사람을 만나고 싶었다. 운 좋게 나처럼 고전을 좋아하는 모임을 찾았다. 요즘 유행하는 독서 모임과는 분위기가 사뭇 달랐다. 비교적 연령대가 높은 모임인데, 어른들의 이야기는 넓은 시야와 관점에서 비롯된 이해와 공감을 주었다. 다행히 자기 생각을 강요하는 어른 특유의 무언가는 없었다. 이런 어른들과의 만남이 좋다.

고전에는 시대가 바뀌어도 바뀌지 않는 진리가 있다. 그중 하나가 바로 사랑이다. 인생을 깨닫는 방법은 많은 것을 사랑하는 것이라고 한다. 우리는 사랑해야 한다. 이성 간의 사랑만을 말하는 것이 아니다. 사랑은 어떤 모습이어도 괜찮다. 우정도 사랑이며, 취미도 사랑이다. 심지어 연예인을 향한 마음도 사랑이다. 그리고 이 모든 사랑은 나를 사랑하기 위한 것이다.

나의 이야기,
나다운 이야기

나를 보여주는 것이
이제는 두렵지 않다

화실에는 20개가 넘는 이젤이 있다. 그중 하나의 이젤 앞에 앉아서 그림을 그린다. 칸막이가 있지 않은 열린 공간이지만, 이젤 앞에 앉으면 작은 방 안에 들어간 기분이 든다. 이젤이 방패가 되어 그림을 그리는 동안엔 철저히 혼자가 될 수 있다. 말하지 않아도 괜찮고, 그무엇에 신경 쓰지 않아도 되었다.

회사에서 열 받은 일이 있었다. 부장의 구박에 참지 못하고 화를 냈다. 분명 화를 냈지만, 아무래도 내가 진 것 같았다. 사직서를 내는 순간까지는 계속 지는 게임이다. 왜 모든 직장인들은 지는 기분으로 살아야 할까? 배심원이 있었다면 모두가 내 편이었을 텐데. 압도적인 승리를 예상한 게임에서 졌다는 상실감에 눈물도 살짝 보인 것 같다.

에잇. 코피 흘리면 진 거라던데. 눈물을 보였으니 사실상 완패였다. 부들부들 하는 마음을 안고 퇴근을 했다. 그리고 화실에 왔다. 그림이라도 그려야 화가 진정될 것 같았다. 화실에 가니 어르신들이 직장 다니면서 부지런히 잘 온다며, 잘 왔다고 반겨줬다. 웃으며 얼른 이젤 앞에 자리를 잡았다.

이별하고 얼마 되지 않았을 때다. 이럴 때일수록 혼자 있지 말고 뭐라도 해야 한다. 상처받은 마음을 치유하기엔 그림만큼 좋은 약이 없다. 화실 구석 이젤에 앉아 심호흡을 가다듬고 선을 그어가다 흘러나오는 음악에 울컥했다. 그날따라 슬픈 가사의 발라드를 선곡한 선생님이 원망스러웠다. 빨개진 눈시울을 들킬까 봐 스케치북에 고개를 파묻다시피 했다.

이젤 앞에서 엄마와 다툰 날도 많았다. 핸드폰 메시지로 투덕거리다가 화를 참지 못해 그림을 접고 화실을 나왔다. 선생님이 왜 벌써 가냐며, 내일 보자며 크게 인사해줬다. 화실에서는 나의 사연을 들키고 싶지 않았다. 가족이나 친구가 아닌 다른 사람에게 나를 보여주는 것이 조심스럽다. 이젤은 나를 숨겨주는 훌륭한 방패였다.

1년 정도 백수로 시간을 보내던 때가 있었다. 거의 화실에서 살다시피 했다. 아침 일찍 나와 해가 질 때까지 그림을 그렸다. 여전히 이젤 앞에서 입을 다문 채로 시간을 보냈다. 남들에게 내 이야기를 하는 것을 좋아하지 않았다. 다행히 궁금해하는 사람도 없었다. 다들 그림을 그리러 오기 때문에 서로의 그림 외에는 관심이 없었다.

백수로 지내는 시간이 길어지자 화실의 어른들이 걱정하기 시작했다. 당시 나는 서둘러 이직할 생각은 없었다. 다시 일을 시작하면 몇 년간은 자유롭지 못할 텐데, 1년 정도는 쉬어갈 생각이었다. 아무 걱정 없이 그림만 그릴 수 있는 시간이 좋기도 했다. 언제 이렇게 지내볼 수 있을까 싶어 마음껏 그리고 원없이 빈둥거렸다.

면접을 보고 바로 화실에 온 날이었다. 선생님이 면접을 봤냐고 물었다. 그렇다고 하면 이야기가 길어질 것 같아 거짓말을 하려 했다. 그러기엔 누가 봐도 면접을 보고 온 차림이었다. 백수가 정장을 입고 어딜 다녀오는지는 뻔했다. 면접을 봤다고 털어놓은 뒤로, 다들 나의 면접 결과를 궁금해했다. 면접을 본 회사가 마음에 들지 않아서 합격해도 가지 않을 거라고 했는데도 다음 날이 되면 그 회사에서 연락이 왔냐고 물었다.

남들의 관심은 습관이다. 진심으로 걱정하고 궁금하지 않아도 끊임없이 참견한다. "그래도 직장은 빨리 구해야지. 결혼도 해야 하고 말이다." 친척들의 관심도 피곤한데, 취미 생활을 하는 곳에서도 이런 이야기에 말리고 싶지 않았다. 그림 이야기만 했으면, 하고 바랐다.

몇 번의 면접을 보면서 거절하기도 하고, 정작 가고 싶은 회사의 면접에서는 떨어지기도 했다. 전화 통화를 화실에서 하는 바람에 불합격 소식이 사람들에게 알려졌다. 보는 분마다 위로해주었다. 나는 정말 괜찮다고 했지만, 어른들은 힘내라며 밥까지 사주었다. 밥을 먹는 동안에는 내가 무슨 일을 하는지 이직 준비는 어떻게 하는지, 결혼 생각은 없는지 묻기 시작했다. 아, 이래서 말문을 트는 게 아니었는데.

이 모든 이야기는 부산에 있는 동생에게만 했다. 하루가 멀다 하고 전화를 걸어 그날 있었던 이야기를 꺼냈다. 직장에 나가지 않았기에 화실에서 있었던 이야기를 자주 하게 됐다. 화실 사람들이 내가 면접에 떨어진 걸 알았다며 다들 걱정해주는 게 창피하고 부담스럽다고 말했다. 화실에 오래 있으니 별 이야기를 다 하게 된다고 하소연했다. 당분간 화실을 나가지 말아야겠다고 유난을 떨었다. 동생은 사람이 그런 인간적인 면도 보이고 해야 친해지는 거라고 말했다. 친해지는 것을 겁내지 말라며, 더군다나 할 일도 없으면서 화실을 빠지지 말라고 했다. 언제나 언니 같은 동생이다.

동생의 예상은 맞았다. 아르바이트를 하느라 3일 정도 화실에 나가지 못했을 때 낮 시간에 함께 그림을 그리던 어르신들이 나를 찾았다고 했다. 아르바이트가 끝나고 화실에 가니 다들 내가 취직이라도 한 줄 알았다며 반겨주셨다. 대충 어물거리려다 문득 동생의 말이 떠올랐다. 사실대로 아르바이트를 했다고 대답했다. 그들은 내가 취직을 해서 안 나오는 줄 알고 기다렸다며, 내가 없으니 허전하다고 했다. 그렇게 사람들과 이야기를 나누기 시작했다. 그림이 아닌, 나의 어제를 이야기하고 일상을 공유하니 새로운 관계가 되었다.

자화상(나 어릴 때), 종이에 수채, 2016.

자화상 2, 종이에 연필, 2017.

그렇게 나는 이젤 너머로 고개를 내밀기 시작했다.

화실에 머무르는 시간이 길어지면서 마음속에 그었던 선이 조금씩 사라졌다. 매일 아침에 와서 저녁까지 있다 보니, 점심을 챙겨주는 언니들이 생겼다. 함께 수채화를 그리는 주부 학생들인데, 볼 때마다 내가 밥을 먹었는지를 걱정했다. 처음에는 밥을 먹고 왔다고 둘러대기도 했다. 하지만 점심을 먹지 않고 그림을 그리는 것은 무리였다. 결국 점심시간에 언니들을 따라나섰다.

다시 취직을 했을 땐 더 이상 화실에서 낮 시간을 보내지 못하게 됐다는 것이 가장 아쉬웠다. 지금도 일을 하다 정신이 혼미해지는 오후 3시가 되면 그 시절 화실에서 마시던 믹스 커피가 간절해진다.

다시 직장을 다니기 시작하면서 화실에서의 연습 덕분인지 사람을 대할 때 여유가 생겼다. 새로운 직장 동료들에게 그림 이야기도 했다. 전 직장에서는 개인적인 이야기는 거의 하지 않았다. 내 이야기는 물론 상대방이 퇴근 후 무엇을 했는지, 주말에 무엇을 했는지도 궁금하지 않았다. 일만 잘하면 충분했다. 직장 동료들과 사적인 관계로까지 발전하지 않았다고 해서 문제가 되진 않았다. 오히려 회사 생활은 담백해졌다. 크게 노력하지 않아도 마음이 잘 맞았던 사람들과는 퇴사 후에도 연락하면서 지낼 수 있었다. 그 정도 사이가 되어서야 마음을 열고 내 이야기를 시작했다.

그랬던 내가 새 직장에서 마음의 문을 어느 정도 열어두기로 했다. 무조건 선을 긋고 경계하기보다는 다가오는 사람을 막지는 않으려고 했다. 공과 사를 잘 구별한다면, 직장 동료들과도 좋은 관계가 될 수 있을 거라 다시 믿어보기로 했다.

　나를 보여주고 상대의 이야기를 묻는 일은 생각보다 어렵지 않았다. 혼자 있는 게 좋아 그림을 그렸는데 지금은 함께 그리는 동료들이 있어 행복하다. 작은 새들이 지저귀듯 화실 사람들과 이야기 나누고 그림을 그리며 보내는 시간은 새로운 이야기가 되어 돌아왔다. 비로소 나의 이야기가 담긴, 나의 그림을 그리게 되었다.

마음이 간절히 원한다면

나는 유감스럽게도 쉽고 편안하게 사는 법을 알지 못했다.
그러나 한 가지만은 늘 내 마음대로 할 수 있었는데,
그건 아름답게 사는 것이다.

– 헤르만 헤세

단지 좋아하는 것을
그릴 뿐

우리는 모두
아티스트가 될 수 있다

엄마는 내가 커서 글을 쓰는 사람이 될 줄 알았다고 했다. 친척 집에 가서도 책장 앞에 앉아 책만 보고 있었으니 그럴 만도 하다. 어른이 되어서도 책을 사서 모으는 나를 보고는 다시 그런 말을 하셨다. "니가 어릴 때 하도 책을 읽어서 작가라도 될 줄 알았다 아니가." 엄마가 그랬던, 이젠 지나버린 미래의 내 모습을 상상해봤다. 작가의 길을 가지 못한 것이 괜히 아쉬웠다. 그런 내가, 어느 날 갑자기 작가가 되었다. 한 작가협회에 작가로서 등록된 것이다. 물론 글이 아닌 그림 작가로서 말이다.

숨 막히는 더위가 기승을 떨친 여름날의 어느 토요일이었다. 아침 일찍 화실에 들러 그림을 완성하고, 햇볕이 본격적으로 뜨거워지기 전에 부산 집으로 내려갈 예정이었다. 작업 중인 그림은 해변에서 원피스 수영복을 입은 중년 여성 셋이서 어깨동무를 하고 발로 물장난을 치며 노는 모습이었다. 여름에는 수채화가 진리다. 붓을 물통에 담가 찰랑찰랑 헹궈내는 소리를 들으면 파도에 색을 입힐 때 당장이라도 물속에 뛰어들고 싶다. 땡땡이 무늬 수영복에 찍어둔 마스킹 액만 제거하면 그림이 완성될 참이다. 기차 시간이 다가오자 마음이 급해졌다. 마스킹 액을 제거하기 전에 마지막으로 하늘과 파도의 경계가 없이 푸른 물감으로 크게 칠하고 싶어졌다. 조급해서인지 붓에 고민이 없었다. 과감한 터치로 정리했다.

"죽이는데!" 갑자기 들려온 선생님의 칭찬이었다. 선생님은 화실 홈페이지에 올려야겠다며 사진기를 꺼내 들었다. 선생님이 그림을 사진으로 남긴다는 것은, 진짜 괜찮다는 것이다. 꾹 다문 입술 사이로 웃음이 자꾸 새어 나왔다.

서둘러 정리하고 화실을 나서려는데, 선생님이 상담실로 불렀다. 갑자기, 아니 드디어 선생님이 내게 작가 등록을 제안했다. 내심 그 말을 언제쯤 듣게 될까 기다렸는데 그 순간이 온 것이다. "제가요?" 검지로 나를 가리키며 되물었지만, 이미 광대는 승천 중이었다.

작가라는 것이 시험이 있다거나 어떤 과정을 밟아야 하는 것은 아니다. 미술 관련 작가협회도 수없이 많다. 그중 한 곳에서 자격 테스트를 받고 가입을 승인받으면 된다. 선생님은 본인이 소속된 작가협회에 실력 있는 학생들을 소개해주고, 작가로서의 꿈을 심어주고 있었다.

이미 화실에는 취미로 그림을 그리다가 정식으로 작가가 된 분들이 있다. 나보다 늦게 그림을 시작한 분들도 있었다. 그래서 나는 언제쯤 작가 제안을 받을 수 있을까 기대하고 있던 차였다. 작가가 되고 싶다기보다는, 그 제안 자체가 그림 실력을 인정받는 것이라서 기대했다.

작가 등록에 진입 장벽이 낮다고는 하지만, 엄연히 자격요건은 있었다. 일단 화실에서는 전시회 참가 경력이 2회 이상 되어야 했다. 그림을 그린 기간과 전시 경력을 확인하기 위한 요건이다. 그리고 포트폴리오가 필요했다. 연필 그림에서 채색화까지 열 점 이상의 작품을 준비하면 되었다. 포트폴리오를 제출하기까지의 기본적인 자격 요건은 충분했다. 그렇다고 해서 섣불리 작가가 되고 싶다고 나서지는 못했다. 글이 아닌 미술 작가를 생각해 본 적이 없었고, 그보다는 작가라고 나설 그림 실력이 아니었기에 주춤했다.

선생님은 그동안 그린 그림들로 포트폴리오를 준비해서 가져오라고 했다. 기차를 타고 내려가는 동안 핸드폰 속에 저장해둔 사진을 보며 쓸 만한 그림들을 찾았다. 정말 내가 작가가 된다고?

정밀 소묘와 드로잉은 인스타그램에서 '좋아요'를 가장 많이 받은 것들로 준비했다. 채색화 위주로 준비하라고 했는데 생각보다 낼 만한 그림이 몇 점 되지 않았다. 다행히 동행전에 전시했던 작품들이 있었다. 전시를 빠지지 않고 나가길 잘했다는 생각이 들었다. 4년간 그렸던 그림들을 들추니 그간의 세월과 사연이 스쳐갔다. 그림을 그릴 때의 기분도 함께 떠올랐다. 울다시피 끙끙거리면서 그렸던 유화 그림을 마지막으로 챙겼다. 면접을 준비하는 느낌이었다.

포트폴리오를 준비해서 제출하면 나머지 일은 선생님이 다 알아서 해줬다. 내가 등록을 신청한 작가협회는, 전업 작가들이 모여 있는 단체였다. 전시 경력이 적은 탓에 보류되는 듯하다가 얼마 후 마침내 협회 소속 작가로 등록되었다는 연락을 받았다. 협회로부터 가입 승인을 받고 매년 회비를 내면 되었다. 물론 전시에도 참여하고 개인적으로 작가로서의 활동을 해야 자격을 유지할 수 있다. 그렇게 나는 작가가 되었다.

작가가 되고 나서 뜻밖의 기회들이 생겼다. 가장 먼저 여성 작가전에 초대를 받았다. 인사동에 있는 협회의 갤러리에서 하는 전시였다. 건물 벽면에 걸려 있는 현수막에는 전시에 참여한 작가들의 이름이 크게 적혀 있었다. 함께 간 동생이 먼저 발견하고 내 이름을 가리켰다. 아직은 이름뿐인 작가지만 도전하길 잘했다고 생각했다.

그럼에도 여전히 나는 직장인이다. 작가가 되었다고 달라진 것은 없다. 매일 아침 9시에 출근을 한다. 퇴근 후 그리는 그림에 약간의 책임감은 생겼다. 취미로 그림을 시작했지만, 작가라고 하니 그림이 점점 우선순위가 되어갔다. 퇴근하고도 온전히 그림에만 집중하는 시간이 필요했다. 만나면 즐거운 약속이 아니고서는 저녁시간을 함부로 내주지 않았다. 저녁이 있는 삶이란 원하는 바가 확실해야 가능한 일이다.

친구들과 모여 요즘 각자 하는 일에 대해 이야기했다. 회사 일이 아닌, 자신이 좋아하는 것들을 말이다. 나는 밤마다 시를 읽기 시작했다며, 언젠가 시를 쓰고 싶다고 고백했다. 친구는 유튜브에 올릴 영상을 만들기 위해 학생 때 써놓은 시나리오를 손보고 있다며 진지한 눈빛을 보였다. 또 다른 친구는 드레스를 만들고 싶다고 했다. '웨딩드레스를 만드는 노총각'이란 콘셉트로 마케팅 계획까지 세워두고 있었다. 우리는 이미 아티스트였다. 우리만의 살롱이 필요하겠다며, 앞으로는 을지로에서 모이자고 했다.

우리는 누구나 아티스트가 될 수 있는 세상에 살고 있다. 어쩌면 이미 모두가 아티스트로 살고 있을지도 모른다. 회의가 지루해 끄적거린 낙서, 길을 걷다 찍은 구름 사진, 감성 충만한 새벽에 적어둔 일기가 그 증거이다. "예술은 우리가 일상에서 벗어날 수 있는 모든 것"이라는 앤디 워홀의 말처럼, 우리는 언제든지 일상에서 예술을 만들 수 있다.

아티스트가 되는 것은 내 삶의 주인이 되는 것이다. 음악을 들으며 길을 걷다 문득 올려다본 하늘의 석양이 분홍과 주홍빛으로 물들

어 있었다. 마침 흘러나오던 카를라 브루니의 '완벽한 날Perfect day'
은 나를 오늘의 주인공으로 만들어주었다. 순간을 기억하고 싶어 사
진과 함께 글을 남겼다. 순간이 영원이 되었다. '오글거린다', '허세
부린다'라고 치부하며 자신 혹은 상대의 감성을 외면하지 않기를.
이미 우리 일상은 예술 그 자체인데, 그것을 보지 못한다면 출근하
고 퇴근이 전부인 무한 루프의 삶에 빠지게 될 것이다.

　나는 미술을 전공한 적은 없지만 직장인이면서 그림을 그리며 살
고 있다. 가끔 책도 보고 글도 쓰고 있으니 나도 감히 아티스트라고
말한다. 나의 든든한 지원군은 직장이다. 내 삶의 상당한 부분을 직
장 생활에 내주고 있지만 어쩌면 직장은 꿈을 현실화하기 위한 최
적화된 장소일지도 모른다. 회사를 잘 이용하면 된다(어찌됐든 회사는
나에게 물감을 살 돈을 주고 있지 않은가).
　우리는 누구나 아티스트가 될 수 있다.

내가 계속 그릴 수밖에
없는 이유

달콤한 순간들이 모여
또 다른 꿈이 되고

그림을 배우기 시작했을 때 어떤 목표가 있었던 것은 아니다. 시간을 보내기 위한 새로운 것이 필요했다. 어릴 적 못 했던 것을 해봐야겠다는 생각을 했다. 재미 삼아 그렸지만, 욕심이 생겼다. 잘 그리고 싶은 마음이 커졌다. 욕심이 커지다 보니 거의 매일 그리다시피 연습했다. 방 안에 쌓이는 캔버스를 보면서 처치 곤란이라 생각했다. 가능하면 스케치북에 연습하고 싶었다. 더는 연습이 아니라며, 그림은 제대로 그려야 한다고 선생님은 말했다. 선생님은 나를 진짜 화가처럼 생각한다.

　어느 날 선생님이 예전에 내가 그렸던 목탄화들을 찾았다. 10F 캔버스에 그린 목탄화 여섯 점이 방구석을 차지하고 있었다. 오드리 헵번, 아인슈타인, 마릴린 먼로 등 유명 인물들의 초상화였다. 방이 줍아서 버리려고 했는데, 유화를 그릴 때 젯소를 바르고 재활용할 수 있다고 해서 다시 챙겨두었던 그림들이었다. 버리지 않길 천만다행이었다. 선생님은 자신의 지인이 운영하는 갤러리 카페가 있는데 전시를 해보자고 했다. 습작이기도 하고 오래된 그림이라 망설여졌다. 작은 갤러리 카페니 부담 갖지 않아도 된다고 했다. 여섯 점 중에서 완성도가 높은 네 점을 선택했다. 거의 2년이 다 된 그림들이라 캔버스 옆면이 누렇게 바래져 있었다. 평소에 관리를 좀 해둘걸 싶었다. 젯소로 바랜 부분을 덧칠했다. 캔버스가 쌓일 때마다 스케치북에 연습하겠다고 투덜거렸는데, 새삼 선생님 말씀 듣기를 잘했다는 생각이 들었다. 기회란 언제 찾아올지 모른다.

분당에 위치한 갤러리 카페는 갤러리보다는 카페에 가까웠다. 작은 카페 안에 익숙한 그림 네 점이 한쪽 벽면을 차지하고 있었다. 방구석에 있던 아이들이 빛을 받고 있었다. 카페 안의 사람들은 그들의 이야기를 하느라 그림에는 시선을 잘 주지 않았다. 반면에 나는 커피를 마시는 내내 그림에서 눈을 떼지 못했다. 목탄이 이렇게 반짝이는 그림이었는지 몰라봤다. 다시 집에 두더라도 잘 보이도록 세워둬야겠다고 다짐했다. 처음 보는 그림인 것처럼 한참을 보고는, 내 이름이 적힌 안내문 앞에서 사진을 찍었다. 그렇게 나의 비공식 개인전을 기념했다.

내 그림이 걸리는 전시회는 매년 화실의 학생들과 함께하는 단체

전이 전부였다. 동행전이 열릴 때는 지인을 초대하지 않았다. 처음 그림을 배울 때 전시했던 목탄화와 수채화는 사실 전시하기는 부끄러운 수준이었다. 전시에 참가한 용기가 대단했을 정도다. 개인적으로 처음이라는 의미가 있는 전시였지만, 가족과 친구를 부르지 않았었다. 언젠가 나의 개인전을 하게 되면 모두를 초대할 거라고 다짐했다.

동행전에 참여하는 횟수가 늘어갈수록 그림 실력도 눈에 띄게 늘었다. 두 번째 동행전에는 수채화를, 세 번째는 유화 작품을 제출했다. 참가하는 횟수가 늘수록 전시회 준비는 더 치열해졌다. 유화 작품을 준비할 때는 참 많이 울고 웃었다. 고생한 그림일수록 애정이 더했다. 사람들에게도 보여주고 싶어졌다. 내가 그린 그림의 이야기를 해주고 싶어졌다. 개인전을 할 때까지 아무도 초대하지 않겠다는 다짐은 슬며시 무너졌다.

연초 이맘때쯤 인사동에서 전시를 하는 것을 눈치 챈 지인들이 찾아왔다. 핸드폰 사진으로만 그림을 보던 친구가 꽃을 들고 왔다. 친구는 그림과 함께 나를 사진 속에 담아 갔다. 오랫동안 얼굴을 보지 못한 전 직장 선배가 다섯 살짜리 아들과 찾아왔다. 이런 것도 하니 이렇게 얼굴을 본다며 반가워했다. 전시회는 그림만 보러 오는 곳이 아니었다. 사람을 만나는 공간이었다. 혼자서 보낸 첫 번째 동행전이 문득 아쉬워졌다.

우연한 기회로 여성작가전에 초대를 받은 적이 있다. 다행히 전시회 규격에 맞는 유화 한 점이 있었다. 그동안 화실에서 했던 비공식 전시와는 달리, 한 협회에서 하는 전시회였다. 처음으로 가족이 그림을 보러 왔던 전시이기도 하다. 부산에 있는 가족이 작은 전시회를 보려고 총출동하는 것은 무리가 있었다. 나의 그림 이야기를 매일 들었던 동생이 가족 대표로 먼 길을 와줬다. 전시회보다 서울 구경에 큰 뜻이 있었겠지만, 무엇이어도 좋았다. 내 그림을 보여줄 때마다 가감 없이 평을 하던 동생이 그림을 보러 온다니 긴장도 됐다.

동생에게 꽃을 사오라고 했다. 그렇게 축하를 받고 싶었다. 시켜서 받은 꽃이지만, 말 잘 듣는 동생이 예뻤다. 우리는 갤러리를 천천히 돌며 그림 한 점 한 점을 감상하는 듯 했지만, 곁눈질로 빠르게 내 그림을 찾았다. 항상 화실의 다른 그림들과 같이 있던 내 그림이 모르는 작가들의 그림 사이에 있으니 영 어색했다. 그림을 코앞에 두고 감상하려는 동생을 붙잡고 사진을 찍었다. 막상 동생이 그림을 감상한다니 쑥스러웠다. 괜히 사진을 찍어 달라며 시선을 돌렸다.

디자인 회사를 하는 친구에게서 수채화 그림이 몇 점 있냐는 연락이 왔다. 방구석에서 조신하게 서로 기대어 있는 액자를 세어보니 다섯 점 정도가 있었다. 처치 곤란이라던 그림들이 그새 어디로 사라졌는지 당황했다. 생각하니 그림들을 선물로 많이 나눠 주었다. 친구는 협력사의 갤러리에 신인 작가의 그림을 전시할 수 있다기에 내가 떠올랐다고 했다. 하지만 제출해야 하는 작품 수가 못해도 열

점은 있어야 한다고 했다. 기회가 왔는데도 잡지 못한 것이다. 그 후로는 그림을 쉽게 선물하거나 버리지 않았다.

전시 기회가 생기니 그림에 대한 욕심이 더 커지기 시작했다. 빨리 작품을 만들어 언제라도 기회가 오면 제출하고 싶었다. 화실에는 공모전에 나가는 학생들도 있다. 몇몇은 입상하기도 하고 외부 전시에 초대받기도 했다. 다들 언제 그렇게 준비를 했던 거지? 나도 전시 정보를 알아봤지만, 기본적으로 작품 수가 있어야 했다. 나는 모자라도 한참 모자랐다. 피아니스트로 말하면, 그동안 연습만 하고 실제 연주는 하지 않았던 셈이다.

더 이상의 연습은 없었다. 작품을 만들어내기 위해서는 마감일을 정해놓고 계획을 세워 그림을 그려야 했다. 목표를 정해놓지 않으면 그저 시간을 보내며 그림을 그리게 된다. 취미 생활을 그렇게 삭막하게 할 필요가 있겠냐만은, 등산을 좋아하는 사람들이 산 정상까지 올라가듯 나도 그림에 목표가 생긴 셈이다.

그동안은 우연한 기회를 통해 작은 전시회에 참가할 수 있었다. 지금부터는 스스로 기회를 만들어나가야 한다. 작고 소중한 전시회가 아닌 작가로서 한 발 내딛을 수 있는 계기가 필요하다. 작가 공모전에 도전하고 개인전을 준비해야 한다. 갤러리나 문화재단에서 개최하는 전시회에 지원하려면 개인전 경력은 필수였다. 사실 나에게 개인전이란 자기만족을 위한 위시리스트 중 하나일 뿐이다. 가족과 친구들을 불러 그동안의 그림 생활을 공개하고 기념하고 싶다. 좋아하는 원피스를 입고 좋아하는 사람들과 사진 한 장 남기면 되었다. 그런데 언제 이렇게 자아실현의 욕구가 커졌을까?

사랑이 아닌 다른 무언가로 가슴 뛰고 질투하고 기대하게 될 줄은 몰랐다. 사랑보다 확실한 건 완전한 무언가를 완성하면서 느낀 성취감이었다.

그림을 완성하고 서명하는 순간, 그림이 액자에 끼워지는 순간, 어느 갤러리 한 벽면에 내 그림이 걸리는 모든 순간이 완벽하게 뿌듯했다. 전시를 하면 할수록 성취감은 더 커져갔다. 성취감만큼 욕심도 생겼다. 전시장에서 그림들을 걸 때면 "아무 데나 걸어주세요."라고 말하지만, 내심 사람들이 잘 보이는 곳에 걸리기를 바랐다.

내 그림이 전시장에 걸리는 순간 나의 존재도 수면 위로 떠올랐다. 그림이 아니라 내가 벽면에 걸려 있는 것 같았다. 나를 본 관객의 표정이 궁금했지만 마주할 용기는 없었다. 관객이 볼 때 기분 좋은 그림이기를 바랐다. 내가 기분 좋은 사람이길 바라는 것처럼.

전시는 다음 작품을 위한 좋은 자극이 되기도 했다. 전시장에 걸려 있는 그림을 보면서 나도 모르게 다음 작품을 구상하고 있는 것이다. 다음 그림은 작은 캔버스에다 그릴 요량이었는데, 전시장에 걸린 것을 보니 좀 더 큰 것이 좋겠다는 생각이 들었다.

전시를 마치면 한 달은 푹 쉬겠다고 호언장담하지만, 휴식은 항상 화실에서 취했다. 처음부터 뜨겁지는 않았다. 벌써부터 타올랐다면 즐거움을 알기도 전에 식어버렸을 테다. 적당한 온도의 열정은 나로 하여금 계속해서 그림을 그리게 한다.

마음이
원하기만 한다면

작가가 되고 나서 그림에 대한 고민은 더욱 깊어졌다. 나만의 그림 소재를 찾아야 했다. 이번에는 선생님도 함께 나섰다. 좋아하는 것들을 노트에 적어보라고 했다. 새로운 취미를 찾을 때도 사용했던 방법이다. 그렇게 하여 그림이란 취미를 발견하지 않았는가. 노트에는 좋아하는 것들로 가득 찼다. 모두 일상이었다. 이미 좋아하는 것들을 하면서 살고 있었다. 미처 몰랐던 사실이었다. 그렇게 평범하지만, 사랑스러운 일상을 그리고 싶었다. '낭만'을 소재로 삼기로 했다.

문제는 '어떻게 그릴 것인가'였다. '무엇을 그릴 것인가'만큼이나 어떻게 그릴지가 막막했다. 산 넘어 산이었다. 잘 그린다고 해서 좋은 그림은 아니다. 잘 그린 그림에 대한 기준은 없었다. 그림은 지극히 개인의 취향이다. 여기서 잘 그린다는 것은 기술적인 실력을 말한다. 확실히 타고난 재능과 뛰어난 기술이 있다면 표현의 자유가 넓어진다.

단순히 잘 그리기만 한 그림은 공감을 이끌어내는 힘이 없다. 마음을 사로잡는 매력이 있어야 한다. 그것을 찾기 위해서는 자신과 소통해야 한다. 혼자의 시간이 필요하다. 혼자가 되는 시간을 두려워해서는 절대 자신을 만날 수 없다. 다행히 내게는 이젤 앞에서의 시간이 있었다.

이젤 앞에서는 온전히 그림에만 집중한다지만, 완전하게 마음을 다스릴 순 없었다. 이젤 앞에 앉기 싫은 날들도 있었다. 가만히 보면 주기적으로 찾아왔다. 빠지지 않고 잘 나가다가도 보름씩 빠질 때가 있다. 바쁘다고 둘러댔지만, 말 그대로 핑계였다. 화실에 가지 않을 때는 분명 그리기 싫은 이유가 있었다. 새로운 소재를 정하지 못했다거나 구상해둔 그림을 어떻게 손대야 할지 모를 때가 그렇다. 반대로 우울하거나 귀찮을 때 일부러 화실을 찾기도 했다. 그림을 그리고 나면 기분이 풀어지기 때문이다. 하지만 그런 날에 그린 그림은 다시 덧칠하기 일쑤였다.

나는 그림에서 위안을 받았을지 몰라도, 그림은 나의 어두운 기운을 그대로 담아내고 있었다. 좋은 마음으로 그리지 못한 탓에 그림이 별로였다. 그것보다 당시의 기분이 연상되어 마음에 들지 않았다.

유화로 연인을 그릴 때였다. 남자 친구와 산책하는 여자의 원피스에 색을 입히는 날이었다. 누가 봐도 사랑스러운 데이트 룩으로 보일 수 있게 원피스색을 칠하고 싶었다. 하지만 현실의 나는 사랑스럽지 않았다. 친구의 역할, 딸의 역할, 팀장의 역할에 지쳐 있을 때였다. 가을을 타는 것인지 감정 조절이 안 되었다. 그저 모든 관계에서 벗어나고 싶었다. 그 방법으로 이젤 앞에 앉았지만, 좀처럼 기분은 풀리지 않았다.

가라앉은 기분만큼이나 조색되는 분홍색의 채도도 가라앉고 있었다. 주름이 풍성한 원피스는 분홍이 아닌 보라에 가까운 색으로 물들어갔다. 우울한 기분이 보라색이 되어 나왔다. 보라색도 전체적으로 어둡게 깔아둔 배경과 자연스럽게 어울리긴 했다. 선생님은 색이 깊고 어두운 것이 나름의 분위기가 난다고 칭찬을 해줬다. 그렇지만 우울한건 어쩔 수 없었다.

확실한 건, 좋은 그림은 좋은 마음에서 나온다는 것이다. 그림을 완성하고 나서도 다시 보면 슬픈 기분이 들었다. 처음으로 낭만이 있는 소재로 그림을 시작했는데, 전혀 사랑스럽지 않았다. 그림에 대한 평가는 나쁘지 않았다. 위에서 내려다보는 시점의 구도가 재밌고, 전체적인 색의 변화가 좋다고 했다. 어두운색이 분위기가 있어 그림에 깊이가 느껴진다고 했다. 선생님의 긍정적인 평가를 받으며 서명으로 끝을 냈다. 하지만 사인을 하고도, 물감이 다 마르고도 그림을 집에 가져가지 않았다.

토요일 오전, 학생들이 아직 오지 않은 이른 시간에 화실을 찾았다. 완성한 지 한 달도 지난 그 그림을 꺼냈다. 아무리 생각해도 여자의 원피스가 슬퍼 보였다. 사랑이 느껴지지 않았다. 원래 구상했던 파스텔 톤의 분홍색을 만들었다. 선생님이 오기 전에 고쳐놓을 생각이었다. 선생님은 서명한 후 작품에 손대는 것을 좋아하지 않는다. 수정한다고 해서 처음만큼 나오는 경우가 많지 않기 때문이다. 처음을 따라갈 순 없다.

　원피스에 명암을 넣기도 전에 선생님이 왔다. '못 본 척해주세요.'라고 속으로 빌었다. 선생님은 수정하는 것을 뭐라고 하진 않았다. 다만 의외라는 듯 "은근히 완벽주의네."라고 말했다. 완벽보다는 대충에 가까운 내가 그런 말을 듣다니, 나도 놀란 표정을 지었다. 그렇지 않다고 웃었지만, 수개월 그린 그림을 한 달이 지나서 또 잡고 있는 모습을 보니 나도 참 피곤하게 산다는 생각이 들었다.

　바라던 대로 그림 속 여자는 사랑스런 원피스로 갈아입었다. 그날의 우울함은 사라졌다. 색이 주는 기운을 느끼는 순간이었다. 다시는 기분이 좋지 않을 때에 작업하지 않겠다고 다짐했다. 덤으로 분홍색을 쓰는 재미가 생겼다. 분홍색을 칠하면 기분이 달콤해졌다. 컬러 테라피가 이런 것일까?

　하나의 그림을 두 번 완성하고 나서 그 길로 작은 정사각형 캔버스 두 개를 샀다. 전시 준비를 위해 젯소질을 해둔 20호짜리 크기의 캔버스가 있었지만, 시작할 엄두를 내지 못하고 있었다.

다들 색이 사랑스럽다며 한마디씩 거들어줬다.
그림의 분홍이 나와 닮았다고 했다.
유화 속의 대상들이 나와 같은 색을 입고 있었다.
그렇게 나만의 색이 만들어지고 있었다.

선물 2, 캔버스에 유채, 2019.

작가가 되고 나서는 작품이 될 만한 소재로 구성을 마친 뒤 작품에 들어갔다. 이때도 선생님과 상의 후 책을 읽고 늦잠을 자는 일상을 그리기로 정하고 20F 캔버스를 준비해뒀다. 하지만 기꺼이 그릴 마음을 준비하지 못해서 미루고 있었다. 억지로 그림을 그리고 싶지 않았다. 마음이 원할 때 그려야 한다.

그 틈을 이용해 작은 캔버스로 연습할 생각이었다. 선생님과 상의도 하지 않고 대충 머릿속에 그려놓은 구성으로 칠해나갔다. 붓질에 막힘이 없었다. 시간이 가는 줄도 몰랐다. 분홍색 리본으로 묶인 헌 책들이었다. 또 다른 캔버스에는 책을 들고 있는 여자를 그려나갔다. 그 여자가 입은 원피스도 분홍색이었다. 지난번 연인을 그린 그림 속 분홍색을 만들어 원피스를 칠하고 꽃을 그렸다. 바랜 듯한 느낌의 분홍색이 내 그림의 주조색이 되었다.

다들 색이 사랑스럽다며 한마디씩 거들어줬다. 그림의 분홍이 나와 닮았다고 했다. 평소 입고 다니는 옷의 색만 봐도 그랬다. 유화속의 대상들이 나와 같은 색을 입고 있었다. 취향은 숨길 수 없는 모양이다. 화실에서는 이제 색감만 봐도 내 그림인 줄 알겠다고 했다. 나만의 색이 만들어지고 있었다.

그렇게 완성한 그림 두 점을 볼 때마다, 아니 보면 볼수록 기분이 좋아졌다. 그림을 그릴 때의 즐거운 마음이 함께 떠올랐다. 선생님 몰래 출력한 사진을 가지고 캔버스 앞에 섰을 때 가슴이 두근거렸다. 붓을 놓지 않고 이대로 완성하고 싶어서 휴가를 낼까 고민하기도 했었다. 하고 싶은 것을 할 때만큼 짜릿한 것은 없다.

내가 그리고 싶은 것들에 공통점이 나타나기 시작했다. 색감은 분홍색처럼 사랑스러운 파스텔 톤의 색이었고, 소재는 좋아하는 것을 하는 모습이었다. 물론 내가 좋아하는 것이었다. 특별하지는 않다. 책과 꽃을 그렸다. 누군가와 함께하는 모습도 있었다. 흔한 일상의 소재이지만, 나의 모습이었다. 평범한 내 모습이 반짝거렸다.

좋아하는 것을 그림에 담아 매일 볼 수 있으니 그만큼 행복한 일도 없다. 나처럼, 내 그림을 보는 사람들이 그랬으면 좋겠다. 평범한 일상의 그림을 보고, "어머, 이건 내 이야기야." 하고 공감하면 좋겠다. 일상이 모여 삶이 되듯 친구, 딸, 팀장의 역할을 모두 해낸 그 순간들이 쌓여 완전한 내가 되었다. 반복되고 지치는 일상 속에서도 반짝임은 있다. 반짝이는 순간이 있어 인생은 아름답다. 내가 그렇고, 모두가 그렇다.

나에게도
화풍이 생길까?

함께한 사람들의
흔적이 깃든 나의 그림들

유화를 막 배우기 시작했을 때의 일이다. 유리병에 담긴 꽃 사진을 보고 모작 연습을 했다. 그림을 배우면 먼저 꽃을 그리고 싶었다. 꽃만 계속 그려도 좋았다. 그림 속의 꽃은 시들지 않으니까. 집에 꽃 대신 꽃 그림을 걸어두는 방법을 생각했다. 내 눈에 보이는 꽃의 색은 분홍과 초록이 전부였다. 하지만 유화 속의 꽃에는 온갖 자연의 색이 들어 있었다.

화실에는 꽃잎을 반짝이고 풍성하게 그리는 주부 학생이 있었다. 그녀는 진도를 못 나가고 있는 나에게 도움의 손길을 주었다. "자기가 더 잘 그려." 하며 보여주는 시범은 수강료를 내야 할 정도였다. 꽃잎 속에 있는 색들을 찾아주고 그 색을 사용하는 방법을 알려줬다. 그리고 붓의 터치까지 하나하나 시연해줬다. 손에 붓을 두세 개

정도는 쥐고 색을 바꿀 때마다 붓을 잘 닦아줘야 한다는 것부터 알려줬다. 그때 배운 기술을 지금도 흉내 내고 있다.

가끔씩 화실의 사람들이 나의 유화에서 그 주부 학생의 느낌이 난다고 했다. 드로잉을 할 때면 나의 스케치에서 보조개 작가님의 것이 보인다는 소리를 듣기도 했다. 먼저 배운 사람의 화풍을 닮는 것은 영광스러운 일이지만, 그분들에게는 괜히 미안하다. 내가 따라 한다고 오해할까 걱정되었다. 하지만 앞선 사람들은 생각도 앞섰다. 그것이 내 것이 되면 더 좋은 일이라고 응원해줬다. 내 그림 속에는 함께한 사람의 흔적이 깃들어 있다.

누군가의 영향을 받았다는 것. 왠지 진짜 화가가 된 듯했다. 폴 세잔을 흠모한 앙리 마티스라도 된 기분이 들었다. 가끔 남의 그림을 흉내 내다가 실력이 멈출까 걱정이 되기도 한다. 그렇게 하다 보면 내 것이 나온다고 선생님은 격려해줬다. 빨리 내 것을 찾았으면 좋겠다.

나는 마리 로랑생의 그림을 닮고 싶다. 인생의 흐름을 따라 함께 닮아가는 그녀의 화풍이 부러웠다. 강하지 않은 채도의 분홍과 파랑, 그리고 회색의 미묘한 대비로 만들어진 우아함은 누가 봐도 마리 로랑생의 것임을 알게 했다.

그녀의 대표적인 색감과 함께 뚜렷하지 않은 윤곽선의 표현은 그냥 만들어진 것이 아니었다. 당대 어울리던 야수파와 입체파 화가들의 영향을 받았던 그녀는, 동료들의 화풍에서 벗어나기 위해 노력하여 결국 누구도 쉽게 흉내 낼 수 없는 자신만의 독창성을 만들어냈다. 그녀의 그림은 우아하면서 강하다.

특히 마리 로랑생은 피카소의 소개팅으로(피카소가 소개팅을 해주다니!) 만난 시인 기욤 아폴리네르와 사랑에 빠지면서 몰라보게 작품이 밝아졌다. 그전까지 마리는 다소 어둡고 자신감이 없는 모습의 자화상을 그렸다. 하지만 사랑에 빠진 그녀는 회색이 전부였던 그림에서 분홍과 파랑, 그리고 녹색을 쓰기 시작했다.

차분하고 오묘한 분위기를 지닌 마리 로랑생의 그림에서 쓸쓸함보다 따뜻함이 느껴지는 것은 그녀가 가진 '사랑' 때문일지도 모른다. 그 시절 함께한 연인과 동료, 그리고 그림을 열망했던 자신이 있었기에 그녀의 그림은 지금도 사랑스럽다.

나도 언젠가의 내 화풍을 상상해본다. 앞으로 살아가며 그리는 그림들은 알게 모르게 나를 닮아가겠지. 마치 한 편의 자서전처럼 나를 대신해 내가 했던 생각과 사랑을 보여줄 테다. 자꾸만 어두운 색을 쓰는 나는, 먼 훗날 우울한 시절을 보냈다고 평가받을 수도 있겠다 싶었다. 엉뚱한 평가를 받지 않으려면 좀 더 밝은색을 내야 할 텐데. 그도 아니라면 고흐처럼 미리 동생에게 편지라도 부쳐둬야겠다.

사랑에 빠진 마리 로랑생의 색을 닮고 싶다. 발랄한 화풍의 르누아르처럼 혹은 자유로운 영혼의 마티스처럼 보는 사람이 행복하고 따뜻해지는, 그런 색을 칠하는 화가가 되고 싶다. 그러기 위해서는 먼저 내가 행복한 화가가 되어야겠지.

유화는 여전히 나를 힘들게 한다. 그리고 싶다고 해서 바로 색을 칠할 수가 없었다. 소재를 찾아야 하고 구성을 해야 했다. 급한 마음에 구성을 대충 하고 색을 칠하게 되면 한참 달리다가 운동화 끈이 풀어진 상황이 된다. 고쳐 묶어 뛰자니 늦을 것 같고, 묶지 않은 채 달리자니 넘어질 게 뻔하다. 작업 도중에 고쳐 칠하길 반복하니 물감을 낭비하고 희망찬 기운을 잃었다.

내 그림 구성 하나 제대로 못 한다며 자책하는 나에게 위 소장님은 앙리 마티스의 이야기를 들려줬다. 언뜻 보기에 그의 그림은 단순해 보이지만, 마티스는 한 작품을 구성하는 데 1년이란 시간을 쏟는다고 했다. 사실적 묘사가 아니기에 더 힘든 시간을 보냈으리라. 위대한 화가가 그냥 그린 것은 없다. 그냥도 그냥이 아니었다.

사실적으로 묘사할 것인지, 생략은 어느 정도 할 것인지, 선을 쓸 것인지, 색으로 감정을 표현할 것인지 생각하고 정해야 했다. 예술은 추상과 사실의 중간 어디쯤이라고 하지 않던가. 고흐도 추상과 상징의 유혹에서 끊임없이 고민했던 사실주의자였다는 글을 읽고는 머릿속이 더 복잡해졌다.

나는 어떤 사람일까? 마리 로랑생을 꿈꾼다고 그렇게 해낼 수 있을까? 이러다 과연 그림을 그릴 수는 있을까? 유화를 그리면 그릴수록 상실감이 커졌다. 다시 맑고 투명한 수채화로 돌아가고 싶었다. 수채화를 그릴 때의 고뇌는 그새 잊은 듯이 말이다.

◇
◆

그림이 잘 되어가면 희망에 부풀었다.
드디어 나에게도 화풍이 생기는 것일까?
하지만 희망에 비해 실력은 한참 모자랐다.
금세 절망에 빠졌다. 지금도 이런 일들을 반복하고 있다.

그래도 계속하다 보면 유화를,
그리고 나를 좀 더 잘 이해할 수 있지 않을까
기대해본다.

Romance, 캔버스에 유채, 2018.

그러므로 계속 그리는 것밖에는 달리 방법이 없었다. 선생님은 나의 거칠고 날리는 붓 터치의 장점을 살려보라고 했다. 슬로바키아 출신 화가 티보 나지^{Tibor Nagy}의 작품을 보여주며 그것을 흉내 내보라고 했다. 도시의 풍경화였는데, 유화의 질감과 붓질이 거칠게 살아 있으면서도 섬세한 터치가 예술이었다. 적절한 생략과 강약 조절은 꼭 배우고 싶은 기술이었다.

몇 개월간 그것을 흉내 내기 위해 끙끙거렸다. 겨우 형태를 잡았는데 색으로 뭉개야 했다. 수차례 그렸다가 뭉개기를 반복했다. 결과적으로 잘되지 않았다. 정말 열심히 노력한 그림이었기에 실망도 컸다. 선생님은 계속 연습하면 된다며 다음 소재도 그렇게 가보자고 했다. 내키지 않은 마음과 실망감이 뒤섞여 한동안 화실을 가지 않았다. 그러면서도 다음 그림을 생각했다.

그림이 잘되어가면 희망에 부풀었다. 드디어 나에게도 화풍이 생기는 것일까? 나만의 소재가 정해져서 이대로 작품 활동을 해도 될지 모른다는 기대가 차올랐다. 하지만 희망에 비해 실력은 한참 모자랐다. 금세 절망에 빠졌다. 지금도 이런 일들을 반복하고 있다. 그래도 계속하다 보면 유화를, 그리고 나를 좀 더 잘 이해할 수 있지 않을까 기대해본다.

자기만의 방

고독이 밀려오기 전에
한껏 기지개를 켜며

서울 생활을 한 지 20년이 다 되어간다. 대학에 다닐 때는 기숙사에
서 지내다 졸업을 하면서 친구와 함께 방을 구해 살았다. 본격적으
로 혼자서 자취를 시작한 것은 10년이 조금 안 된다. 서울에서 혼자
살 집을 구한다는 것은 인생의 좌절감을 맛보게 한다. 직장 생활을
꽤 한 편인데도 보증금은 턱없이 부족했다. 월세는 무조건 안 된다
는 엄마의 경제관념 덕분에 엄마 대출 찬스로 처음부터 전셋집을 구
할 수는 있었다. 엄마는 이 정도면 내가 작은 거실이 있는 집을 구할
거라며 생색냈지만, 서울에서는 작은 원룸을 구하기도 빠듯했다.
  자취하면서 지내는 곳들이 내 집이라는 생각이 들지 않았다. 어차
피 2년 계약이 끝나면 떠나야 하는 곳이었다. 잠시 머무를 뿐이다.
다음 이사할 집이 방과 거실이 있는 아파트일 거라는 계획조차 없었

다. 내 집 마련을 생각할 나이가 아니기도 했다.

이제야 집에 대한 욕심이 생겼는데, 서울에서 내 집 마련의 꿈은 까마득한 일이다. 그저 월세가 아닌 것에 만족해야 했다. 어차피 잠만 자면 되는 곳이었다. 집에 머무르는 시간은 거의 없었다. 평일에는 직장 생활에 이런저런 약속과 만남으로 늦은 밤이 되어야 돌아왔다. 주말에도 데이트하거나 외출하기 바빴다. 그때는 왜 그렇게 밖으로 나갔는지 모르겠다. 방이 좁아서 답답하게 느껴지는 이유도 있었고, 혼자서 시간을 보내는 법을 모르기도 했다. 누군가를 만나야 했다.

5년 전 집에 도둑이 드는 바람에 계획에 없던 이사를 해야 했다. 급하게 옆 동네로 이사를 했고 여태껏 이곳에서 살고 있다. 여전히 원룸이지만, 제법 방이 커지고 소파를 놓을 수 있는 공간이 생겼다. 이젤을 놓고 그림을 그릴 수 있는 공간도 있다. 공간이 넓어져서 그런지 집에 머무르는 시간이 길어졌다. 때마침 관계에 얽히는 시간들이 피곤해지는 나이가 되어서 그런지도 모르겠다. 잠만 자던 이곳에 머무르는 시간이 길어졌다.

지내다 보니 방에 햇빛이 잘 들어오지 않는 것을 알게 되었다. 하루는 점심시간이 다 되어서야 눈을 떴는데 방이 여전히 어두웠다. 배가 고파져 대충 옷을 입고 밖으로 나왔다. 햇살이 기다렸다는 듯이 내게로 쏟아졌다. 햇볕이 잘 들고 전망 좋은 거실이 있는 집으로 이사를 해야겠다고 다짐했다.

원룸 말고, 방 두 개에 거실이 있는 작은 아파트면 좋겠다. 햇살에 눈이 부셔 잠을 깨는 상상을 했다. 석촌호수가 보이는 거실에는 큰 책상을 두고 글을 써야지. 내 집이 생기면 행복한 집순이가 될 자신이 있었다.

청약 가산점을 계산해보면서 살고 싶은 동네의 소형 아파트를 찾아봤다. 가격은, 보고도 믿을 수가 없었다. 거짓말을 조금 보태면 지금 사는 원룸 안에 방을 두 개 만들어놓은 평수의 아파트가 4억이 넘었다. 대출을 받아도 월급이 통째로 이자로 나갈 판이었다. 10년을 넘게 직장 생활을 했는데 원룸에서 벗어날 수 없다는 사실에 좌절했다. 욕심을 버리고 전세를 알아봐도, 내가 살 수 있는 곳은 원룸 수준의 공간이었다.

원룸이 나쁜 것만은 아니다. 혼자 살기에 원룸만 한 것이 없다. 방이 두 개라고 해도 혼자 있을 때 다른 방에서 소리가 나면 왠지 무서울 것 같다. 집 안의 모든 것을 한눈에 다 볼 수 있다는 것에 안전함을 느낄 때도 있다. 다만 그 공간이 커서 온갖 것으로 채울 수 있으면 좋겠다. 서울에선 공간이 넓은 원룸을 보지 못했다. 지금 사는 집은 원룸 치고는 꽤 큰 편이었다. 베란다도 있고 동네가 조용했다. 전망이 좋지 않고 햇볕이 잘 들지 않는 단점이 있지만, 화실이 집 근처에 있다는 사실은 이 동네를 떠날 수 없게 했다. 합리화가 시작되니 다시 집에 대한 애정이 생겼다.

이 공간에는 지난 5년간의 시간이 그대로 묻어나 있다. 요리를 거의 하지 않아 싱크대 앞에는 책을 쌓아 벽을 만들었다. 소파와 침대는 사는 동안 수차례 이리저리 옮겨본 끝에 나의 동선과 맞게 자리를 잡았다. 샤워 가운이 걸린 모양, 리모컨이 있는 자리, 물병과 컵이 있는 테이블도 정확한 장소에 놓여 있다.

옷가지만 쌓여가던 책상은 없앤 지 오래고, 미니멀 라이프를 하겠다며 옷도 두 상자 넘게 버렸지만, 겨울 코트는 감당이 안 되어 결국 베란다에 행거를 설치했다. 화실에 가지 않아도 그림을 그리겠다며 이젤을 사기도 했다. 분명 옷걸이가 될 것이라는 모두의 예상을 깨고 틈틈이 방 안에서 드로잉을 한다.

친구들도 초대했다. 아니 친구를 초대했다. 두 명 이상 초대하기엔 공간이 답답하다. 친구를 불러 배달 음식을 시켜서 영화를 봤다. 밤이 되면 친구에게 자고 가라고 했다. 누군가 함께 있다 가버리면 적적함에 잠들지 못했다. 그래서 항상 여분의 칫솔을 챙겨둔다.

나의 원룸은 더 이상 잠만 자는 곳이 아니다. 책장을 넘기며 잠들던 이불 속, 연인과 통화하며 바르던 매니큐어 자국이 남아 있는 작은 테이블, 깊은 밤 숨죽여 흐느끼던 소파 위…. 방은 타인이 모르는 나의 숨겨진 모습을 기억한다.

혼자 산다고 하면 사람들이 꼭 하는 질문이 있다. "어디에 살아요?" 거주지의 시세가 궁금해서 하는 질문이다. 대놓고 월세인지 전세인지 묻는 사람이 있는가 하면 혼자 살아서 좋겠다며 부러워하는 사람도 있다. "아침은 먹고 다녀요?" 자취생을 보면 밥이 걱정되나 보다. 아침을 먹었는지 저녁은 어떻게 해결하는지 궁금해한다. 인간적인 질문에 마음이 따뜻해진다.

가장 많이 듣는 말은, "혼자 있을 때 뭐 해요?"라는 질문이다. 친구를 만난다고 하지만, 매일 친구를 만나지는 않을 것이라며 집에서 뭐 하냐고 되묻는다. 글쎄, 잠으로 시간을 보낸다고 했다. 사회성이 없거나 게을러 보였을까? 다음엔 그럴싸한 답을 준비해야겠다.

좋은 방법이 떠올랐다. 답을 생각하는 대신 먼저 물었다. 다른 사람의 대답이 궁금했고 다들 어떻게 혼자만의 시간을 보내는지 알고 싶었다. 꽃꽂이를 배우기 시작했다며 눈을 반짝이는 후배가 있었고 넷플릭스 정주행 중이라며 볼거리를 추천해주는 친구도 있었다. 평소 부지런한 친구는 주말 동안에 해야 할 것들을 내내 떠올렸는데 정작 주말이 되면 하지 않는 자신을 탓하면서 시간을 보냈다고 했다. 그 모습이 나와 같아서 한참을 웃었다.

대답을 들으니 질문이 내게로 돌아왔다. "보통 집에 있으면 뭐 해요?" 쉰다고 했다. 책에서 배운 답이었다. 버지니아 울프가 말한 휴식은 아무 일도 하지 않는 것이 아니라 다른 일을 하는 것이다. 휴식하기 위해 그림을 그렸다. 다 읽지도 못할 책을 쌓아놓고 책장을 넘기며 시간을 보냈다. 그림을 그리고 글을 읽는, 또는 한없이 늘어져 사색하는 시간이 바로 휴식이 되었다.

어떻게 보일지는 중요하지 않다.
그것을 깨닫는 데 한참이 걸렸다.
고독이 밀려오기 전에 한껏 팔다리를 뻗는다.

언젠가 햇살이 잘 들어오는 큰 방이 생기더라도,
이날의 공간은 인생에서 상상력이 가장 커졌던
완벽한 시간이라고 기억할 테다.

자기만의 방 2, 캔버스에 유채, 2019.

처음 혼자 있게 되었을 땐 좀처럼 자신을 가다듬지 못했다. 습관적으로 핸드폰을 꺼내 들어 사람들을 찾았다. 고독이 찾아올 틈을 주지 않았다. 우리는 보여줌으로써 존재감을 느낀다고 한다. 방에서는 나를 보여줄 수가 없다. 세상에 혼자 남겨진 기분이었다. 고독의 시간이었다. 아무도 찾지 않는 주말 아침엔 잠에서 깨는 동시에 고독이 밀려온다. 누가 본다면 내 모습이 얼마나 초라해 보일까 걱정도 됐다. 그 누구에게도 보일 일이 없음에도 말이다. 어떻게 보일지는 중요하지 않다. 그것을 깨닫는 데 한참이 걸렸다. 고독이 밀려오기 전에 한껏 팔다리를 뻗는다.

혼자 있는 시간이 안겨주는 자유는 무엇과도 비교할 수 없다. 내 방에 있을 때는 시간마저도 온전히 내 것이 된다. 작고 단출한 방에서 등을 기대 책을 읽고 앉아서 글을 쓴다. 이젤을 꺼내 그림을 그리며 시간을 보낸다. 이런 상상의 시간은 내게 커다란 해방감을 안겨주었다.

언젠가 햇살이 잘 들어오는 큰 방이 생기더라도, 이날의 공간은 인생에서 상상력이 가장 커졌던 완벽한 시간이라고 기억할 테다. 이를 망각하지 않기 위해 나는 '자기만의 방'이라는 제목을 빌려 그림으로 남겼다.

취미 예찬

네 번째로 옮긴 직장이었다. 1년 동안 여행도 하고 마음껏 그림을 그리며 놀 만큼 놀았을 때 다시 직장인이 되었다. 돈이 떨어지니 직장이 급해졌다. 직장을 구할 때 따지는 것이 있다. 구내식당이 있어야 하고 정시 퇴근을 하면 된다. 연봉을 200만 원 더 올려 받는 것보다 야근을 강요하지 않는 회사를 선택했다. 제아무리 이름이 멋진 대기업이라 해도 야근하면 별로였다. 구내식당은 집밥 대신이었다. 자취생인지라 사 먹는 밥은 피하고 싶었다. 점심도 맛있고 칼퇴근도 눈치 안 보고 할 수 있는 회사라면 최고의 선택이다. 새로 나가게 된 회사의 점심 메뉴는 나쁘지 않았다. 무엇보다 야근을 강요하지 않았다. 1년간 휴식한 것치곤 괜찮은 결과였다.

이사장과 면접을 보던 날, 취미가 뭐냐는 질문을 받았다. 이사장실 한쪽 벽면에는 책장이 있었고 책들이 가득했다. 사진학에서부터 《그리스인 조르바》, 《유시민의 글쓰기 특강》까지 그의 독서 취향을 알 수 있었다. 내 취미는 독서라고 했다. 식상한 답변이라 그런지 별다른 이야기 없이 넘어갔다.

출근하고 나서 처음 갖는 회식 자리에서 하필 이사장과 마주 앉게 되었다. 어색함을 지우기 위해서였는지 그는 나에게 주말에는 무엇을 하느냐고 물었다. 친구들과 시간을 보낸다고 했다. 영화를 본다고도 했다. 원하는 답이 아니었던지 그는 혼자 있을 때 무엇을 하느냐고 다시 물었다. 대답하기가 망설여졌다.

취미가 뭐냐는 질문에 근사한 답을 할 기회인데, 막상 그림을 그린다는 말이 안 나왔다. 회사에 사생활을 알리는 것이 싫었다. 그것도 최고의 상사에게 말하려니 죽을 맛이었다. 이사장은 당장이라도 맞장구를 칠 준비가 되어 있다는 눈빛으로 나를 쳐다봤다. "주말에 그림을 배워요."라고 거짓을 섞어 사실을 말했다.

이사장은 독서처럼 만들어진 창작물을 경험하는 것과 자신만의 창작물을 만들어내는 것은 완전히 다른 것이라며 나의 취미 활동에 나름대로 의미를 부여했다. 보통 그림을 배운다고 하면 그린 것을 보여 달라고 하거나 언제 한번 자신도 그려달라고 하는데, 이사장의 반응에 조금 놀랐다.

그림을 그리는 취미는 확실히 다른 행위와는 달랐다. 독서나 영화 감상처럼 수동적인 행위와는 달리 완전히 다른 경험을 주었다. 주체적으로 배워 내 것으로 만들었다는 성취감은 이루 말할 수가 없다. 나도 뭔가를 할 수 있다는 자신감과 자존감 회복에도 도움이 되었다.

회식은 생각보다 빨리 끝났다. 집으로 가는 길에 화실에 들렀다. 1시간 정도 드로잉을 할 수 있겠다는 생각이 들었다. 그림 이야기를 해서 그런지 그림을 그리고 싶어졌다. 무엇보다 오늘을 회사일로 마무리하고 싶지 않았다. 24시간 중에 나를 위해 쓰는 시간이 있어야 했다. 일이 바빠 피곤하거나 야근을 하게 되는 날일수록 그림을 그리거나 다른 무언가를 했다. 하루의 모든 시간을 회사로 채우긴 싫다. 인터넷 쇼핑을 하거나 영화 반 편이라도 봐야 했다. 그래야 억울하지 않았다.

직장인으로 꽉 채운 10년을 살았다. 무언가를 10년 동안 꾸준히 한다면 충분히 깊게 배울 수 있다고 한다. 이미 프로 직장인으로서 월급이 주는 안정된 생활에 완벽하게 중독되어 있었다. 여전히 금요일과 오후 6시만을 기다리며 살지만, 즐거운 직장 생활을 탐구하고 요령을 익혔다. 하루를 두 번 산다고 생각하면 된다. 직장에서의 8시간은 퇴근 후 놀기 위한 필수 요소이다. 월급이라는 대가를 받으니 불평은 삼가기로 했다(그래도 월요일은 좀처럼 극복이 안 되지만).

일과를 끝낸 저녁 시간은 새로운 하루의 시작이었다. 친구를 만나고 데이트를 했다. 수영하고 자전거를 탔다. 뭐든지 반복되면 싫증이 나는 것일까. 단순히 노는 일에서 더 이상 의미를 찾지 못했다. 하루하루가 뜨겁고 걱정이던 20대가 지나고 30대가 되면서 반복되는 일상은 그저 그랬다. 크게 기쁘지도 크게 슬프지도 않았다. 이미 다 해본 것들이고 아는 것이었다. 그마저도 지금 생각해보면 귀여운 생각이다.

반복되는 일상에서 사랑과 우정은 우울증에 빠지지 않게 해주는 일종의 약이었다. 타오르지는 않았다. 변한다는 것을 알게 되어 더 그랬을 테다. 그런 시기에 그림을 만났다. 사람들은 무기력하거나 부정적인 생각이 들면 운동을 하라고 한다. 또는 취미를 가져보라고 권한다. 그렇게 그림이 취미가 되었다.

나의 일과는 그림을 그리고 난 후에야 끝이 난다. 밤 10시가 되어 화실에서 나오면 3번째 하루가 시작되었다. 이제 그림도 일과 중에 해야 하는 것이 되었다. 일보다는 즐겁고 취미보다는 신경이 좀 더 쓰인다. 집에 도착하여 다음 날 오전 9시까지는 완전한 나만의 시간이다. 무엇이든 할 수 있는 궁극의 몰입 시간이 주어진다.

비로소 일과를 끝낸 밤이 되면 좋아하는 영화 한 편을 틀어둔다. 수십 번도 더 봤을 영화를 나를 위한 BGM으로 틀어놓는다. 노트와 연필을 꺼내 다음 날 아침에 써야 할 글에 대해 메모를 하고, 새로 알게 된 시 한 편을 필사한다. 잠들기 전의 습관이 되었다. 그림을 그리고 글을 쓰는 순간만큼은 나를 위한 시간이었다.

새로운 취미의 발견은 힘든 하루의 소소한 위로가 되었다. 대단한 변화를 가져다주지는 않았다. 다만 세상을 보는 눈을 조금은 넓게 하고, 또 다른 꿈을 꾸게 했다. 무엇보다 나이가 들어서도 아등바등 애쓰지 않고, 계속 사랑하며 할 수 있는 일을 하고 있기에 내일을 걱정하지 않게 됐다. 그저 일과를 끝낸 뒤 그림 그리는 시간이 선사해준 행복을 누리는 것이다. 나는 내일도 회사에 가고, 그림을 그릴 것이다.

한 걸음 물러나서 보니
모든 일상이 예술이었다

책을 준비하는 동안 그림을 배운 지 꽉 찬 5년이 되었다. 그 사이 네 번째 '동행전'에 참가했으며 지난달에는 동네의 갤러리 카페에서 작은 전시도 치렀다. 또 다른 갤러리에서 개최한 작가 공모전에도 도전했으며 지금은 당선 결과를 기다리고 있다. 어쩐지 글을 쓰면서 그림 생활이 더욱 왕성해진 느낌이다. 그림을 그리면서 하고 싶은 이야기가 생겨 글을 쓰기 시작했는데, 이젠 그 반대가 되었다. 글을 쓰다 보면 그리고 싶은 것이 무한히 쏟아져 나온다.

글을 쓰면서 다시 한번 실감한 '나를 위한 시간의 발견'은 새로운 작품의 영감이 되었다. 언젠가의 개인전을 장식할 작품이길 꿈꾸며 작업을 시작했다. 내게 개인전은 막연히 바라는 버킷 리스트 중 하나이지만, 머지않아 해낼 것임을 안다. 뭐든 반복하고 계속하면 된다. 퇴근 후 시간이 날 때마다 조금씩 그려나가고 있다. 나는 지속의 힘을 믿는다. 아침마다 틈틈이 썼던 글이 책으로 탄생하는 마법의 순간을 경험한 이상 믿을 수밖에 없다.

솔직히, 할 수만 있다면 올해 안에 개인전을 열고 싶다. 나의 그림 생활 5주년을 기념할 수 있게 말이다. 그러려면 회사 대신 화실로 출근해야 하겠지. 아직 퇴사는 미뤄야 해서, 이 글을 빌려 나의 5주년을 자축해본다. 지난 5년간의 시간은 무기력하고 우울했던 나를 구하기 위한 탈출기였다. 언제나 즐거워야 하는 20대가 지나고 자신만만한 30대가 되면 또 다른 세상이 펼쳐질 줄 알았다. 그러나 반복되는 일상에 당황하고 방황했다. 뭘 좀 아는 어른이 되어서도 타인의 시선과 타고난 게으름 사이에서 무던히 헤맸다. 지루한 일상의 반복에서 벗어나려고 애썼다. 끊임없이 사람을 만나기도 하고, 그것이 문제인 것 같아 혼자 시간을 보내기도 했다. 책을 읽고 쇼핑을 해도 그 순간뿐이었다. 타로 점은 왜 그렇게 봤을까? 결국 사직서를 던지고 긴 여행을 떠나기도 했다. 나 자신에게 기쁨을 주지 못했던 날들의 연속이었다.

그런 내가 그림을 통해서 나다움을 발견하고 인생의 의미를 찾은 것은 일생일대의 사건이었다. 나는 항상 관계를 통해서 존재를 확인받고자 했다. 그랬던 것 같다. 사람이 아닌 이젤 사이에서 나를 마주한 것은 기특한 발상이었다. 캔버스에 비친 내 모습은, 아무 문제가 없었다. 나는 괜찮았다. 사실 생각보다 멋졌다. 그림을 그리면서 내가 가진 것들의 아름다움을 발견했다. 일상의 틈새 속에서 나를 발견하니 멀리 떠나도 달라지지 않던 인생이 서서히 변하기 시작했다. 아니, 달리 보이기 시작했다.

　우리는 일상의 반복에 대해 좀 더 높게 평가할 필요가 있다. 매일 아침잠을 깨기 위해 마시는 커피 한 잔의 시간, 퇴근길 지하철 유리창에 비친 그날의 표정, 잠들기 전 연인과 굿나잇 키스를 한 뒤 책을 펼치는 모습…. 한 걸음 물러나 보면 모든 일상은 예술이었다. 매일 똑같지만, 똑같지 않은 당신의 일상을 응원한다. 우리는 어쩌면 이미 꽤 낭만적인 예술가인지도 모른다.

　모든 사람이 퇴근하고 나서 그림을 그리면 좋겠다. 그림이 아닌 무엇이라도 좋다. 배우고 싶은 일이나 만들고 싶은 일도 괜찮다. 아무리 바쁘더라도 자신과 놀아주는 시간이 필요하다. 적어도 우리 삶에서 하루 중 잠깐은 그래야 한다. 인생에서 자신만의 그림을 그릴 수 있다면 우리는 좀 더 유쾌하고 행복해지고 자신에게 관대해질 것이다. 아마 건강도 좋아질 것이다. 나는 취미를 가지면서 일상의 지루함에서 오는 무기력증이 말끔히 사라졌다. 자책하거나 나 자신이 못나 보일 틈이 없었다. 이렇게 경험한 것을 알리기 위해서는 글을 써야 했다.

　나는 미술 전공자는 아니지만, 그림을 그린다. 취미로 시작한 그림 생활이 기회가 되어 전시회도 해보고, 어쩌다 한 번 그림을 팔아보기도 했다. 하지만 나는 여전히 아침이 되면 출근을 한다. 오후 3시가 되면 참지 못하고 커피를 마실 테다. 아마도 눈치 챘겠지만, 나의 이야기는 인생을 바꾸는 기적과 같은 것이 아니다. 그전의 일상과 별반 다르지 않다. 다만 퇴근 후에는 즐거운 사람을 만나기 시작했다. 그렇지 않으면 그림을 그리러 갔다. 잠들기 전에는 걱정거리 대신 그릴 거리를 고르느라 잠을 쫓았다. 아무것도 하지 않아도 죄책감 없이 주말 오후를 누릴 수 있었다. 계속 물감을 사야 하니 출근도 기꺼이 받아들였다.

반복될수록 빛나는 나의 일상을 사랑한다. 퇴근 후 마주한 캔버스 속 세상에서 받은 위로와 용기를 대신해 전하고 싶다. 애쓰지 않아도 이미 우리는 제법 괜찮은 인생을 살고 있다고, 그러니 지금 우리만의 그림을 그리자고 손을 내밀어본다.

끝으로, 계속해서 그림을 그리도록 꿈과 희망을 심어 주는 위대한 작가 김용일 선생님과 아낌없이 가르쳐주는 정영정 선생님, 그리고 언제나 나를 반겨주는 모노그라프 화실의 어른들에게 감사의 인사를 전한다. 잘하고 있으니, 하고 싶은 대로 하라는 그들의 응원은 화실 밖의 세상에서도 큰 힘이 되었다.

퇴근 후 화실에서
김유미

물감을 사야 해서,
퇴사는 잠시 미뤘습니다

2019년 8월 9일 초판 1쇄 발행

지은이 · 김유미

펴낸이 · 김상현, 최세현 | 경영고문 · 박시형

책임편집 · 정상태 | 디자인 · 최윤선
마케팅 · 임지윤, 권금숙, 김명래, 양봉호, 최의범, 조히라, 유미정
경영지원 · 김현우, 강신우 | 해외기획 · 우정민
펴낸곳 · (주)쌤앤파커스 | 출판신고 · 2006년 9월 25일 제406-2012-000063호
주소 · 서울특별시 마포구 월드컵북로 396, 누리꿈스퀘어 비즈니스센터 18층
전화 · 02-6712-9800 | 팩스 · 02-6712-9810 | 이메일 · info@smpk.kr
ⓒ 김유미(저작권자와 맺은 특약에 따라 검인을 생략합니다)
ISBN 978-89-6570-837-7(03810)

• 이 책의 국립중앙도서관 출판시도서목록은 서지정보유통지원시스템(http://seoji.nl.go.kr)과 국가자료공동목록시스템 (http://www.nl.go.kr/kolisnet)에서 이용하실 수 있습니다. (CIP제어번호:CIP2019027232)

쌤앤파커스(Sam&Parkers)는 독자 여러분의 책에 관한 아이디어와 원고 투고를 설레는 마음으로 기다리고 있습니다. 책으로 엮기를 원하는 아이디어가 있으신 분은 이메일 book@smpk.kr로 간단한 개요와 취지, 연락처 등을 보내주세요. 머뭇거리지 말고 문을 두드리세요. 길이 열립니다.